ディスカヴァー文庫

# 禁じられた遊び ふたたび

清水カルマ

Discover

# 1

白い煙がもうもうと立ち込めるアパートの部屋の隅で膝を抱え、乃愛(のあ)は息を殺して
もともと小さな身体をさらに小さくしていた。できることなら、このまま透明になっ
てしまいたかった。いや、もう消えてしまってもよかった。
父親である安西数馬(あんざいかずま)はビールを飲みながら、さっきからひっきりなしに煙草を吸っ
ていた。その様子からは機嫌の悪さが伝わってくる。
数馬は今日もパチンコで負けたらしい。そのことを妻であり、乃愛の母親である梨(り)
沙(さ)がしつこく責めていた。
「ほんとにあんたはろくなことをしないいんだから。あたしの財布から金を抜くなん
て、ガキじゃないいんだからさ」
「うるせえな。おまえの金は俺の金だろ。財布の中身が寂しそうだったから、ちょっ
と増やしてやろうと思っただけじゃねえか」
数馬は短くなった煙草を灰皿に押しつけるようにして消すと、すぐにまた新しい煙
草を口に咥えて火をつける。

「増やすどころか、全部溶かしちゃってんだから最悪じゃん。それに煙草だってタダじゃないんだよ。ああ、もう目がしょぼしょぼする」

勢いよく立ち上がると、梨沙は部屋の奥のテラス窓を開けた。アパートだったが、一階なので、そこには専用庭があった。

正面は敷地ギリギリに建っているマンションの壁で、隣の部屋の庭とは薄い板塀一枚で区切られた狭い庭だったが、一応テラスもあって乃愛は自分が暮らすアパートの中で一番好きな場所だった。

庭の手入れや掃除などは誰もしないので雑草は伸び放題で、数馬が投げ捨てたビールの空き缶や焼酎の瓶が何本も転がっていたが、ときどき野良猫が塀の下をすり抜けて入り込み、乃愛の遊び相手になってくれていた。

だがその猫も、「庭でションベンしやがるんだ。あのドラ猫がよお！」と数馬がキレて、モデルガンで撃ったために、それ以降は姿を見せなくなってしまった。

乃愛には猫の小便の匂いよりも、数馬の煙草の匂いのほうがずっと臭く感じられたが、もちろん言葉にはできない。もしもそんなことを言ったら、また強く叩かれてしまう。

先週蹴られた脇腹が、今でもズキズキと痛んでいた。病院には連れて行ってもらっていないが、あばら骨にヒビが入っているかもしれない。

もうこれ以上、痛い思いはしたくない。

「おい、寒いじゃねえか。閉めろよ」

「なに言ってんだよ。もう六月なんだから寒くないだろ。換気だよ、換気」

梨沙は座布団を上下に振って煙を外に押し出そうとした。その様子を数馬が忌々しげに睨んでいる。

梨沙と数馬は今にもつかみ合いのケンカを始めそうな気配だ。でも、そうはならない。ふたりには共通の敵がいるからだ。

不意に数馬が酔いで据わった目をぎろりとこちらに向け、「はあぁぁぁぁ」と大きくため息をついて頭を振った。

見つかっちゃった……。やっぱり透明にはなれてなかったみたい。

乃愛はまだ六歳で幼かったが、物心つく前から両親の顔色を気にしながら生きてきたので、今日は危険だということを感じ取ることができた。

こういうとき、ふたりの怒りは最終的には乃愛に向けられる。徐々にそのときが近づいてくるのがわかった。

それでも乃愛は数馬の視線に気づいていないふりをして、煙草の焦げ跡だらけの安物の青いカーペットをじっと見つめていた。

でも、それは逆効果だ。乃愛の怯えた様子が数馬をさらに苛つかせてしまう。

「なにビビってんだよ、てめぇ！　そんなに俺が怖いのか！」

缶ビールを投げつけてくる。それは壁に当たって床に落ちたが、身体に直撃したような痛みが心の中を走った。

まだ少し残っていたビールが雨のように乃愛に降り注ぎ、髪の毛が濡れて、ぽたりぽたりと雫になってカーペットに滴り落ちる。

「乃愛に八つ当たりしたって金は戻ってこないよ」

どさりと座椅子に腰掛けた梨沙が、腕を組んでうんざりしたように鼻から息を吐いた。

その迫力に敵対するのは得策ではないと考えた数馬が同意を求めるように言う。

「俺たち、まだ二十九だぜ。なのにこんなガキの世話をしなきゃいけないなんて、最悪だよ」

「まあね」

梨沙がつぶやくように言って、唇の両端を下げた。ふたりの気持ちが一致した。同じように数馬も唇の端を下げると、四つん這いでのっそりと乃愛に近づいてくる。

乃愛は少しでも数馬から離れようと、壁に背中を押しつける。強く強く押しつける。そのまま壁をすり抜けられたらいいのにと思いながら、さらに強く押しつける。でも、そんなことはできない。

「ママ……」

乃愛は助けを求めるように梨沙に顔を向けた。梨沙の顔に笑みが浮かぶ。それは相手を慈しみ安心させようとする笑みではなく、ストレス解消の道具を見つけたことをよろこんでいる冷たい笑みだ。

「あたしをママって呼ぶなって言ってるだろ。おまえのママは死んだんだ。バカな女だったから、おまえの父親になるはずだった男に殺されたんだよ。その男も、どこの誰だかわからないヤツに殺されちゃったけどな。おまえはどうしようもない男と女のあいだに生まれた、どうしようもない子供なんだよ！」

「ほんと、養子にしたのは大失敗だったぜ」

梨沙は乃愛の本当の母親の二歳違いの姉だった。六年前に妹が死に、両親はすでに他界していたために、他に引き取り手のない乃愛を養子にして育ててくれたのだ。

でも、そこに愛はない。ふたりは乃愛の母親を妊娠させた男の父親から養育費と慰謝料を巻き上げようと画策していただけだ。

ところが、その父親は息子の死に方が異常すぎたせいで事業が傾き、自殺してしまった。結局、金を取る計画は失敗した。だからふたりにとって乃愛は、単なる厄介者でしかなかった。

そんな思いを込めた顔つきで数馬が吐き捨てる。

「だいたいこのガキ、気持ち悪いんだよな。なにを考えてんのかわかんねえ目をしてやがるし」

「まあね。生まれ方があれだったからね」

「だよな。あんな生まれ方、あり得ねえよな」

ふたりは気味悪そうに顔をしかめる。乃愛は顔を背けて、嫌悪の視線に耐え続けた。

「おい、こっち向けよ」

数馬の手が乃愛の小さな顎をつかみ、自分のほうに顔を向けさせる。

「ひっ……」と乃愛は小さく息を飲んだ。

数馬が自分の顔を乃愛の顔に近づけてくる。煙草臭い息が顔にかかる。

「こいつ、よく見ると可愛い顔をしてるよな。稼げねえかな?」

「バカ。まだ六歳だよ。あと五、六年はかかるよ」

「あ〜、ほんと、だりぃよなあ」

数馬が大きく伸びをするようにして両腕を突き上げ、そのまま後ろに倒れ込んだ。その手が座椅子に座ってビールを飲んでいた梨沙の太腿に触れた。

梨沙は数馬の手を特に払いのけようとはしない。大の字に横たわった数馬はぼんやりと天井を見上げながら梨沙の太腿を撫で続ける。

「おい、梨沙」

不意に数馬が寝返りを打つようにして、身体を梨沙のほうに向けた。

「うん。わかった」

なにも言葉を交わさなくても、ふたりのあいだでは通じるものがあるらしい。それは乃愛にも通じる。今までに何十回も経験したパターンだ。

梨沙が立ち上がり、冷蔵庫にマグネットで貼り付けてあったキッチンタイマーを手に取った。

「六十分でいい？」

「そうだな。今日は九十分にしとこうぜ」

ふたりが下卑た笑みを交わし合う。今夜は殴られないで済む。乃愛の身体の緊張が少しやわらいだ。

「ほら、ちょっと散歩してきな」

紐をつけたキッチンタイマーをペンダントのように首に掛けられた。

梨沙がスタート・ボタンを押すと、液晶画面の数字が九十分からカウントダウンしていく。これがピピピ……と鳴るまでアパートには帰ってこられない。

でも、乃愛は平気だった。この部屋の中にいるよりも、外のほうがずっと居心地がよかった。

「行ってきます」

「ちょっと待ちな」

乃愛が靴を履いてドアを開けると、梨沙が呼び止めた。しゃがみ込んで乃愛の前髪を整えてくれる。だがそれは優しさからではない。

「前髪、外ではちゃんと下ろしとけよ。おでこのその痣を誰かに見られたら、また虐待だって騒がれるかもしれないからな。ほんとに面倒くさいガキだよ。こっちはわざわざ気をつかって、痣が目立たないように顔は叩かないようにしてるのにさ。さあ、もう行っていいよ」

生まれたときからあるという大きな痣を隠すように前髪を下ろし、乃愛は梨沙に背中を押されて玄関から出た。すぐに背後でドアが閉められ、鍵をかける音と梨沙が数馬に話しかける甘ったるい声がはっきりと聞こえた。

それぐらい静かだ。この辺りは再開発予定地で、みんなすでに立ち退いてしまったらしい。乃愛の暮らすアパートも、他の部屋にはもう誰も住んでいない。

梨沙と数馬が楽しげに笑い合う声をドア越しに聞きながら、乃愛は暗い夜道を歩き始めた。六歳の子供がひとりで出歩くには遅すぎる時間だったが、なにも怖いことはない。部屋にいるほうがずっと怖いからだ。

それに最近では、週に一度はこうやって夜の散歩に行かされる。もう慣れたものだった。

でも、ひとりで暗い夜道を歩いていると、背後に目に見えない黒い影のようなものが大きくなっていく。それは幽霊やお化けに対する恐怖ではなく、六歳の女の子が背負うには重すぎる孤独だ。

「ママ……」

気がつくと「ママ」という言葉が口からこぼれていた。もちろん梨沙のことではない。乃愛の本当の母親。乃愛を産んでくれた母親のことだ。

もしもママがいてくれたら、こんなふうに部屋を追い出されることはないし、殴られたり蹴られたりすることもないし、小学校にだって行ける。

本当なら乃愛は四月から小学校に通っている年だったが、「そんなの行く必要はねえよ」という数馬の一言で、小学生になる機会を奪われていた。もちろん保育園も幼稚園も行っていない。だから友達もいなかった。

「ママ……どうして死んじゃったの？　乃愛ちゃんも一緒に死ねばよかったよ。そしたらママと一緒にいられたんだよね？　ママ……ママ……」

涙がどんどん溢れてくる。それを手の甲で拭いながら、乃愛は暗い夜道を歩き続けた。

そのとき、遠くのほうに仕事帰りらしき人の姿が見えた。スーツ姿の中年の男だ。とっさに乃愛は脇道へ足を踏み入れた。

こんな深夜に乃愛のような小さな女の子がひとりで歩いていると、それだけで通報されてしまう。

前に一度、そうやって警察に補導されて、散歩してくるように両親に言われたと乃愛が正直に話したせいで、梨沙と数馬はかなり警察に絞られたことがあった。

額の痣のことも、生まれつきだとふたりがさんざん説明して、なんとか信じてもらえた。

もちろんそのあと「おまえはとんでもない疫病神だ」と乃愛は叩かれ、蹴られ、二日間、食事を与えられなかった。

だから、夜道では人目についてはいけない。乃愛はどんどん人けのないほう、暗いほう、細い路地のほうへと足を踏み入れていく。

気がつくと、今まで一度も通ったことがない道を歩いていた。自分がどこにいるのかわからくなったとたん、心細さが一気に大きくなった。でも、明るい場所に出るわけにはいかない。誰かに見つかってはいけないのだ。

また涙が溢れてくる。

「ママ……ママ、怖いよ。乃愛ちゃん、寂しいよぉ」

大きな不気味な生き物の腹の中に呑み込まれてしまったような感覚。そこから抜け出したくて、乃愛はどんどん早足に、そして、ついには駆け足になっていく。

ウォ――――ン！

いきなりすぐ横を電車が猛スピードで通り過ぎたかのような音が大きく響いた。

とっさに両耳を手で塞ぎ、乃愛はよろけながらさらに数歩進んだ。おそるおそる両手を離したが、虫の鳴き声が微かに聞こえる程度だ。

「今の音、なんだったの？」

乃愛が振り返った先は、建物の壁とブロック塀に挟まれた細い道で、両端には雑草が腰の位置ぐらいまで生い茂っていた。

まわりの家の明かりは消えていて、誰かが目を覚ます気配もない。さっきの音は気のせいだったとしか思えない。

それでも気になって、乃愛は目を閉じて耳を澄ましてみた。

……聞こえる。なにか弱々しい声。それは泣き声だ。いったいどんな悲しいことがあったというのか、こちらまで悲しくなるようなすすり泣きだ。

その泣き声はブロック塀の手前に茂った雑草の奥から聞こえてくる。

「誰？　そこに誰かいるの？」

乃愛が草むらに向かって訊ねると、すすり泣きが消えた。

今のも気のせいだったのだろうか？　心細さのせいで、風の音がすすり泣きに聞こえただけなのだろうか？

そんなふうに考えてその場から離れようかと思ったとき、また聞こえた。やっぱり誰かが泣いている。

「どうしたの？　どこか痛いの？」

乃愛が草むらに向かって訊ねると、またすすり泣きが止まった。乃愛はさらに耳を澄ました。数秒の沈黙ののち、女の声が聞こえた。

《私の声が聞こえるの？》
大人の女性の声だ。なにかにすがりつきたいといった思いが詰まった、乃愛の心情とよく似た声。だから、乃愛は素直に答えた。
「うん、聞こえるよ」
《ああ、よかったわ。やっと会えたのね》
女の声は感慨深げに響いた。
「誰？　あなた、誰なの？」
《私はあなたのママよ》
乃愛の小さな身体の中で、心臓が激しく鼓動を刻んだ。ビクンと背筋を伸ばし、数回大きく息を吸ったり吐いたりを繰り返してから、乃愛は言った。
「……うそ。ママは死んだって」
《そうね。私は死んだのかも。だけど今もこうしてここにいるの》
なにを言っているのかわからない。ひょっとしたら、変な人なのかもしれない。逃げたほうがいいと思いながらも、「あなたのママよ」という言葉にすがりつきたい思いがあった。
《ねえ、お願いよ。ママを助けて》

「……助ける？　乃愛ちゃんがママを助けるの？」

自分が必要とされている。それはうれしいことだった。しかも、乃愛を必要としてくれているのはママなのだ。

乃愛は腰の辺りまである雑草の中へ、ゆっくりと足を踏み入れた。

《ここよ。ママはここよ》

茂みの中から聞こえてくる。こんなところに本当にいるのだろうか？　信じられないが、確かめないではいられない。

乃愛は雑草を掻き分けて、声のする辺りをのぞき込んだ。街灯の光が微かに届くそこには、なにか短い枯れ枝のようなものがあった。

声はそれから聞こえてくるようだ。いや、それは喉から出る声ではなく、耳の奥に直接響いてくる。さっきからそうやって話しかけられていたことに気がついた。

乃愛はしゃがみ込んで顔を近づけて目を凝らした。白くて、干からびたそれには……爪があった。

指!?

乃愛は勢いよく立ち上がって後ろに飛び退き、バランスを崩して尻餅をついた。

それは紛れもなく人間の指だった。第二関節の手前辺りでねじ切られているように見えた。

《大丈夫よ。怖がらないで。ママを助けてちょうだい。私はあなたのママなのよ》

「……ママ」

それはやはり魅力的な言葉だ。逃げなければという思いが一気に消えてしまう。

乃愛は這うようにして声のするほうへ近づき、また雑草を搔き分けて、そこに落ちている干からびた指に話しかけた。

「助けるって、乃愛ちゃんはなにをすればいいの？」

《ママを生き返らせてちょうだい》

「そんなこと、乃愛ちゃんにはできないよ」

《できるわ。だって、あなたはママの子供だもの》

「……乃愛ちゃんはママの子供？」

自分にママがいる。自分はママの子供。そのことに乃愛の心が激しく昂揚する。ママを生き返らせたい。

「どうすれば……どうすればママは生き返るの？」

《日の当たらない場所に埋めて、毎日、ママが生き返るようにお祈りをしてちょうだい。できるわよね？》

「うん、できる。乃愛ちゃん、がんばるよ」

乃愛は力強く言った。

本当のママさえいれば、あの家にいなくても済む。本当のママさえいれば、殴られたりしない。本当のママさえいれば、ご飯をお腹いっぱい食べられる。本当のママさえいれば小学校に行ける。本当のママさえいれば……本当のママさえいれば……本当のママさえいれば……。

ピピピピピピピピピピピピピピピピピピピピピ……！

まるで危険を知らせる警告音のように、夜の闇の中に電子音が響き渡った。

乃愛の小さな身体が硬直し、頭の中が真っ白になってしまった。心臓が止まりそうなほど驚いた。

その音が梨沙に持たされていたキッチンタイマーのものだということに気づくのに、十数秒はかかった。

そのあいだ、ずっと電子音が闇の中に響き続けた。

「タイマー……タイマー……」

ようやくキッチンタイマーのストップボタンを押すと、辺りはまた静まりかえり、虫の声と遠くのほうを車が通り過ぎていく音が微かに聞こえるだけになった。

まるでキッチンタイマーの音が目覚まし時計で、夢の中から引きずり出されたような気分になった。

乃愛は足下をのぞき込んだ。そこには干からびた指があった。夢ではない。

「ママ」

声をかけても返事はない。

「ママ、どうしたの？　ねえ、乃愛ちゃんをひとりにしないで！」

せっかく見つけたママをこのままにはしておけない。生き返らせてあげなければ。そのためには、ママを土に埋めてお祈りをしてあげればいいんだ。

「ママ、生き返らせてあげる！　乃愛ちゃんが生き返らせてあげる。一生懸命、お祈りする。だから、ママ、生き返って！　ママ、生き返ってね！」

乃愛は干からびた指を拾い上げ、それをしっかりと両手で包み込むように持ち、胸に抱きしめた。

2

レストランで父である柏原亮次(かしわばらりょうじ)とテーブルを挟んで向かい合って座りながら、日菜(ひな)

多はさっきから黙り込んでいた。亮次もすでに注文を終えたというのに、じっとメニューに視線を落としている。

そのくせ日菜多のことを気にしているのがはっきりとわかる。まるで気弱な中学生が好きな女の子を前にして、どうしていいかわからずにおろおろしているかのようだ。

沈黙に耐えかねて先に言葉を発したのは日菜多だった。

「こうやってお父さんと食事するのは久しぶりだよね」

「そうだっけか？」

「たぶん二年以上ぶりだよ。私の高校の入学祝いで、お祖母ちゃんと三人で食事したとき以来」

「ああ、そうだったかな。仕事が忙しくて、ずっと事務所に泊まり込んでたから」

「泊まり込んでたっていうより、そこに住んでるんじゃないの」

「いや、まあ、それは……」

気まずそうに首を傾げ、亮次が無理やり話を変える。

「それより学校は忙しいのか？」

「今、もう夏休みだよ。バイトは忙しいけどね」

「バイトなんかしてていいのか？　来年受験だろ？」

「内部進学だから、普段通りやってれば大丈夫」

「そうか」

それだけ話すと、父と子のあいだにはもう話題はない。テーブルの上に再び重苦しい沈黙が訪れた。日菜多は手持ちぶさたで、少し短く切りすぎたショートカットの髪をつい指で弄ってしまう。

柏原亮次はテレビ番組などの制作プロダクションの社長を務めていた。社長といっても社員は亮次ひとりだけで、プロジェクトごとにフリーの人たちに声をかけてスタッフを集めるといった程度の小規模なものだ。

ただ、中小企業が大企業よりも忙しいのはテレビ業界でも変わらないようで、亮次はもう何年も事務所で寝泊まりしていて、家に帰ってくるのは月に一度か二度ぐらいだ。

それも日菜多が眠ったあとに帰ってきて、日菜多が学校に行っているあいだに出て行く感じで、ほとんど顔を合わせない。だから日菜多は今、亮次の母である祖母――志津子とふたりで暮らしているようなものだった。

亮次が家に帰ってこないのは確かに多忙のせいもあったが、本当は自宅に帰りたくない、日菜多と顔を合わせたくないという思いからのようだった。

日菜多が中学生のときに大喧嘩をしてから、というか日菜多が一方的に怒りをぶつけてから、ふたりの関係はずっとギクシャクしていた。亮次にはやはり後ろめたい思いがあるのだろう。

そんな亮次から「久しぶりにメシでも食わないか」と誘われて、ふたりで外食することになったのだった。

一応、祖母も誘ったようだが、出かけるのが面倒だと断られたらしい。でもそれはきっと、たまには親子水入らずの時間を与えてやろうという祖母の優しさなのだろう。

「あれ、おまえのか？」

窓の外に視線を向けた亮次が言った。

店の前の駐車場に四〇〇ＣＣのバイクが停めてある。日菜多は十六歳になってすぐにバイクの免許を取った。自分が行きたいときに行きたい場所にすぐに行ける。行動範囲が広がり、翼を手に入れたように感じていた。ただ、小柄な日菜多には少し大きすぎて、足がギリギリ届く状態だった。

「うん、まあね」

「気をつけろよ。バイクは危ないから」

「それがいいんじゃない」

剝き出しの肉体に風を受けて走っている瞬間が、日菜多は好きだった。ほんの少しでもハンドル操作を誤ると、すぐ隣に死が待ち受けているのだ。そんなスリルがたまらない。

「よくないよ。安全運転を心掛けろよ」

「なに父親っぽいこと言ってんのよ」

「もしもおまえになにかあったらお母さんも悲しむぞ」

「悲しまないよ。逆にすっきりするんじゃない？」

「そんな言い方はやめろ。比呂子はそんな人じゃない」

亮次が珍しく感情的になった。

確かに言いすぎたかもしれない。でも、あやまるのはしゃくだ。

「わかったよ。でも、もうお母さんの話はやめて」

またテーブルの上に重苦しい空気が流れた。このまま席を立って店から出て行きたい気持ちになってしまう。どうして父親の誘いを受け入れてしまったのだろうと後悔した。

重い空気に耐えきれず、気分を変えようと日菜多が背もたれに身体を預けて伸びをすると、亮次が日菜多の胸元を見て言った。

「それ、つけてるのか？」

亮次の視線の先を見て、日菜多は、ああこれかと思った。

深い緑色の神秘的な光を放つパワーストーンのペンダントだ。マラカイトという石で、古くから魔除けのお守りとして用いられていて、邪気を跳ね返す強力な力を持っていると言われているらしい。

母親の古い友達だった平丘麻耶が「この石を見た瞬間、日菜多ちゃんの顔が浮かんだの」と、高校の入学祝いにプレゼントしてくれたものだった。

そのペンダントは日菜多の最もお気に入りのアクセサリーだ。風呂に入るときでも外さずにずっと身につけていた。

「いいでしょ。魔除けになるんだよ。けっこう気に入ってるんだ」

日菜多は指でつまんで自分の顔の前に掲げてみせたが、柏原は少しいやそうに眉間に皺を寄せた。

「でもな。あんまりそういうのは……。彼女は悪い人じゃないけど、ちょっと迷信深いところがあるからな。お守りやお札とか、いろいろくれるけど、ありがた迷惑っていうか……。そういうのをもらっても困るんだよな」

麻耶は日菜多の母である比呂子と同じ会社で働いていたことがあり、ずっと親友だったということだ。日菜多が生まれたばかりの頃には亮次の手助けをしていろいろ世話をしてくれたそうで、今でもたまに連絡をくれる。

だが、亮次はあまり麻耶のことを快く思っていないようだ。その理由は麻耶にスピリチュアル系の趣味があるかららしい。自分のことは棚に上げて、亮次は迷信や占いの類いを毛嫌いしていた。

「私は好きだよ、麻耶さんのこと。お父さんは私の好きなものをけなしてばかり。もうそういうのはやめてよね」

「俺は別に……。おまえのことを思って……」

険悪な空気になりかけたところに、注文した料理が届いた。亮次がほっとしたように息を吐く。

「ごゆっくりどうぞ」

ウエイトレスが離れていくと、亮次が不自然に明るく言った。

「さあ、食べよう。もう腹がへって、さっきからグーグー鳴ってたんだ。聞こえてたんじゃないか。ああ、うまそうだ。日菜多も腹がへっただろ。遠慮しないでいっぱい食べろ」

フォークとナイフを手に取り、亮次は日菜多に声をかける。

亮次なりに気をつかっているのだろう。もう高校三年生なので、それぐらいはわかる。日菜多も料理を食べ始めた。おいしいものを食べると、苛々していた気持ちも落ち着いてくる。

目の前の料理を黙々と食べ続けていた日菜多は、亮次が全然食べていないことに気がついた。旺盛な食欲で料理を平らげていく日菜多を、ただうれしそうに見つめているだけだ。

「お父さんは食べないの？」

「……うん。二日酔いみたいで、ちょっと頭痛がするんだ」

亮次はこめかみの辺りを押さえながら言った。確かにあまり身体の具合がよくないようだ。顔色が悪く、目の下に隈ができている。

体調を気づかう言葉をかけたほうがいいかと思ったが、実の父親が相手だと逆に照れくさくてそんなことはできない。

代わりに、ふと思いついたことを訊ねた。

「そう言えば、さっき私が店に入ってきたとき、パソコンを開いてたでしょ。あれ、なにを見てたの？」

日菜多は横の椅子に置かれた亮次のカバンを見た。

「それは……」

少し迷うようなそぶりを見せたが、結局、亮次はフォークとナイフを置いてから言った。

「日菜多、おまえの学校って、八年前に『ミスコン大量惨殺事件』があった場所だろ。カケラ女の気配を感じたりすることはないか？」

日菜多は大きく息を吐いた。またそんな話か。

亮次は昔からオカルト系の番組ばかり作っていた。日菜多がまだ小学生だった頃、お父さんが作った番組がテレビで放映されるからと、祖母が止めるのを無視して視聴して、怖くて泣き出してしまい、その夜は祖母の布団で一緒に寝させてもらったことがあった。

そのときのことがトラウマになり、それ以降、日菜多はオカルト系の話が大嫌いになった。

もちろん、日菜多がオカルト話が大嫌いなのは、それだけが理由ではなかった。詳しい話は聞かされていないが、日菜多の母親が亮次と結婚する前にオカルト的な現象で苦しんだことがあったらしい。それなのにオカルト系の番組ばかり作っている父親への反発もあった。

「カケラ女について、修聖女子の学生のあいだだけで語られている噂話なんかがあったら教えてほしいんだけど」

亮次はほとんど手をつけなかった料理をテーブルの端に寄せ、カバンから取り出したノートパソコンを自分の前に置いた。取材をするつもりらしい。

確かに今、日菜多は修聖女子大学と同じ敷地内にある附属女子高校に通っている。だがそれは、麻布にあるオシャレな学生が多い学校というブランドイメージに惹かれて受験しただけだ。

ミスコン大量惨殺事件については、昔、どこかでそんな事件があったらしいという程度の認識しかなかった。その舞台が修聖女子大学だというのも、入学してから初めて知った。

ミスコン大量惨殺事件というのは、学祭で行われた修聖女子大学ミスコンテストの会場で何人もの学生が惨殺されたという事件だ。それだけでもかなり気味の悪い話だが、その事件は変な都市伝説の一部として語られ続けていた。

テレビや新聞のニュースでは、犯人の女子学生が他の学生たちにいじめられていて、恨みを抱いた彼女が復讐を果たしたのだと報じられていたが、修聖女子の学生を始め、全国のネット民たちは誰もそんな話は信じていなかった。

たとえ復讐だとしても、ひとりの女子学生が何人もの人間を一度に惨殺できるはずがない。きっと彼女はカケラ女に寄生されていたのだと言われていた。

そう、その事件は実はカケラ女の仕業だとして、オカルトマニアたちが未だにネット掲示板で毎日のように噂話や考察を繰り返しているのだった。

だけど、カケラ女の都市伝説なんて、誰かが勝手に考え出した作り話に違いない。

興味がないどころか、日菜多はそんな話をよろこんですることに嫌悪感さえ抱いてしまうが、事件の舞台になった修聖女子に通っていると、そうもいかない。

「ねえ、日菜多は『カケラ女』の都市伝説って知ってる?」

入学してしばらく経った頃、仲良くなったクラスメイトにそう訊ねられた日菜多はもちろん「知らない」と答えたが、「じゃあ、教えてあげる」と言って話し始めるのを止めることはできなかった。

本当に親友のような関係なら「聞きたくない。オカルト話なんて大嫌いなの」と拒絶することもできたが、まだ仲良くなり始めだったので遠慮もあって、そんなことは言えなかった。

結局、彼女はかなり詳しく教えてくれた。おぞましすぎる話で、忘れようと思っても忘れられない。

カケラ女の都市伝説は、今から二十年ほど前に実際に存在した、ひとりの女性の話がもとになっていると言われていた。

彼女は自動車事故に遭って亡くなった。かなりひどい事故だったらしく、身体はバラバラになったが、そのときにちぎれた指先から身体が生えてきて蘇った。どうしてそんなことが可能だったのかははっきりしないが、もともと不思議な力を持った女だったからだと言われている。

ただ、そうやって指から生えてくる途中に、生前の優しい心はすべて失われ、憎しみや嫉妬の感情、それに狂気的な愛情だけが肥大化した怪物になってしまった。そんな彼女の不思議な力のせいで何人もの人が命を落とした。

もちろん一度死んで生き返ってくる、しかも、ちぎれた指から生えてくるなどといった自然の摂理に反することが許されることはなく、彼女は神の怒りに触れて肉体を滅ぼされてしまった。

彼女の身体は再びバラバラになったが、それでも一度黄泉の国から無理やり引き戻された呪われた肉体は、もう死ぬことは許されなかった。かといって、今度は肉体の一部から身体が生えてくるということもなかった。

理由はわからないが、彼女だけの力では再生することはできない、最初に生き返ったときも彼女の生まれつき持っていた不思議な能力に、外からなんらかの力が加えられたから起きた奇跡だったというのだ。

結局、バラバラになったまま彼女は死ぬこともできず、再生することもできず、肉体のカケラは鳥や動物に運ばれたり、細かいものは風に飛ばされたりして、かなり広範囲に散らばってしまった。

その中のいくつかは太陽の光に照らされてぼろぼろと崩れて消滅してしまったそうだが、一日中日の当たらない暗い場所に落ちた肉片はひっそりと干からびていった。

その干からびたカケラが、あるとき、たまたま恨みを抱いて死んだ女性の血を吸って、瑞々しい肉片に戻り、それがまるでそういう生き物みたいにうごめきながらその女性の体内に入り込んで、肉体と恨みの念を乗っ取って蘇生した。

そしてカケラに寄生された死人は、憎い相手に復讐を果たすのだった——。

それがカケラ女の都市伝説の大まかな内容だった。

悲しく、恐ろしい話だ。

毛嫌いしているオカルト話なのに、カケラ女のことをこんなに詳しく知ってしまっていることが悔しくて、日菜多は亮次に向かってきつい言葉を発してしまう。

「私はなにも知らないよ。そんなカケラ女とか都市伝説とかオカルトなんか、全然興味ないから、もうやめてくんない？」

「そうか……。それならいいんだ」

一度開いたノートパソコンを亮次はまた閉じた。なんとなく悪いことをしたような気がした。オカルトは亮次にとっては仕事なのだ。ただ単に面白がって噂話をしている連中とは違う。

冷たく言いすぎたことを反省した日菜多は、ノートパソコンを指さして訊ねた。

「その中にカケラ女の情報が入ってるの？」

「まあな。今までに調べた内容と、集めた映像や画像が入っている」

「ちょっと見せてよ」

日菜多が手を伸ばそうとすると、亮次は慌ててノートパソコンを取り上げて胸に抱えるようにした。

「ダメだ。おまえはこのパソコンに触るな」

亮次の顔が強張っている。予想外の激しい拒絶に日菜多は戸惑った。父親の仕事に興味を示してあげればよろこぶだろうと思っただけなのに……。

「なに怒ってんの。バカみたい」

「ごめん。怒ってるわけじゃないんだ。だけど、中身は誰にも見せるわけにはいかないんだ」

「なにそれ。でも、テレビ番組にするんじゃないの？」

「そんなことは考えてない」

「じゃあ、なんのために調べてんのよ？」

「それは……。とにかく、中身が絶対にもれないようにネットにもつないでないんだ。ハッキングでもされたら大変だからな。パスワードも最強だ。三回間違ったらデータは全部消えるように設定してある」

真剣な顔で話し続ける亮次に、日菜多はうんざりした。

「あっそ。どうでもいいよ、そんなの。別に見たいわけでもないし。話が終わったんだったら、私は帰るよ。あ、ご飯、ごちそうさま」

一応礼を言ってからヘルメットを手に持って立ち上がろうとすると、亮次が慌てて呼び止めた。

「ちょっと待ってくれ」

「な……なによ」

「そろそろのはずなんだ」

亮次が言うのと同時に、照明が消えて店内が真っ暗になった。

「え？　なに？」

驚いて身体を硬くさせると、音楽が流れ始めた。明るく、のんびりした音楽。誕生日の歌、『ハッピーバースデートゥーユー』だ。

その曲が流れる中、さっきのウエイトレスが満面の笑みを浮かべながら、ロウソクをいっぱい立てたケーキを運んできた。

彼女がそれをテーブルに置くのと同時に亮次が明るく言った。

「誕生日おめでとう。今日で十八歳だよな」

全身の力が抜けていく。確かに今日は日菜多の誕生日だ。父親がそれを覚えているのは当然だろう。祝いたいと思うのも。でも、日菜多は素直によろこべない。湧き上がってくるのは怒りの感情。そして罪の意識だ。

「私の誕生日なんて祝わなくていいって言ってるでしょ」

日菜多はケーキに立てられたロウソクの炎を見つめながら言った。その炎に照らされた日菜多の顔は苦渋に満ちているに違いない。

誕生日の歌はまだ店内に流れていて、ウエイトレスと他の客たちみんなが手を胸の辺りで構えていて、日菜多がロウソクの炎を吹き消すのを待っている。

それを横目で見ながら、日菜多は小声で亮次にだけ聞こえるように言った。

「今日はお母さんの命日なんだよ」

「わかってる。だけど、可愛い娘の誕生日を祝わないわけにはいかないだろ。さあ、火を吹き消してくれ」

そう言いながら、亮次はカバンの中からリボンがついた小さな箱を取り出した。

「……できないよ。私の誕生日なんて祝わないで」

油断すると泣き声になってしまいそうだ。日菜多は唇を噛んだ。

「比呂子もきっと祝ってるよ。娘が十八歳になったんだからよろこんでるはずさ」

亮次の気持ちもわかるが、それを受け入れることはできなかった。

「お父さんなんか大嫌い！」

日菜多は席を立ち、店を飛び出そうとした。

「おい、待てよ、日菜多」

亮次が追いかけてきて日菜多の肩をつかんだ。それを日菜多が乱暴に振り払う。

「離してよ！」

そのとき、亮次の手が引っかかってペンダントのチェーンが切れ、パワーストーンが落ちて床の上を転がった。そのことに気づいたが、拾っている余裕はなかった。溢れ出る涙を見られたくない。

日菜多はそのまま店を飛び出した。

それを店内にいる人たちは両手を胸の辺りで構えて拍手をする準備をしたまま、ただ呆然と見送っていた。

## 3

事務所のデスクに向かって、柏原亮次は新しく入手したカケラ女に関する映像をチェックしていた。でも、集中できない。頭の中によぎるのは日菜多の顔だ。

一週間前、日菜多の誕生日に会ってから、ずっとこんな感じだった。

机の上に置いた、リボンがついた小さな箱をぼんやりと眺めた。日菜多の誕生日プレゼントとして渡そうと思って買ったネックレスだ。

日菜多には普通の若い女の子のように、ハート型の可愛らしいアクセサリーを使ってもらいたかった。でも、それを渡すこともできなかった。

その箱の横に置いてあったペンダントを指でつまんで、目の前に掲げた。深い緑色の石が神秘的な光を放っている。ちぎれたチェーンは直してあった。今度会ったときに返すつもりだったが、ふと思いついてそれを自分の首にかけてみた。日菜多が肌身離さず身につけていたからか、あの子の体温が感じられるような気がした。そんなに悪いものではないのかもしれない。

日菜多にこのペンダントをプレゼントしてくれた平丘麻耶も、あの事件で人生を狂わされた可哀想な被害者だ。

麻耶は同じ会社に勤める渡瀬という男と婚約までしたが、結婚式の直前に比呂子を包丁で襲い、止めに入った亮次に怪我をさせたことが原因で破談になってしまった。麻耶は自分がなぜそんなことをしたのかわからない。なにか得体の知れない力に操られただけだと主張した。実際に麻耶は美雪という女に操られていたのだ。

そのことを知っている比呂子と亮次は、不起訴を望んで嘆願書を出したりしたが、警察はそんな話は信じずに粛々と麻耶を傷害罪で起訴した。

裁判では心神耗弱状態だったとして無罪になった。結局、麻耶は罪に問われることはなかったが、だからといってなにもなかったということにはならない。

心神耗弱状態に陥るような女を嫁にもらうわけにはいかないと両親に反対されると、渡瀬もそれにしぶしぶ従った。

三十歳になるまでに結婚すると決めていた計画が直前でダメになり、麻耶のその後の人生設計は大きく狂ってしまった。

比呂子はそんな麻耶の境遇に責任を感じ、彼女に寄り添おうとした。

亮次がプロポーズしたときも、比呂子は麻耶に遠慮して一度は断ったのだ。そのことを知った麻耶は比呂子を叱りつけた。

「比呂子が幸せになることは私にとってもうれしいことなんだからね。私に遠慮しないで幸せになってよ。私だって、すぐに素敵な男性を見つけて幸せになるから」

その言葉を聞いて、比呂子は亮次と結婚する決心をしてくれた。

だけど、麻耶は今でも独り身のままだった。そして今では、男よりも夢中になるものができていた。それはスピリチュアルの世界だ。美雪の不思議な力を実際に体験した麻耶にとって、それは自然なことだった。

最近では占い師のようなことを生業にしているようだ。あの最悪な出来事を生々しく引きずっている麻耶には、できればもう日菜多には近づいてもらいたくないが、比呂子のせいで人生を狂わされたようなものなので、亮次は強く出ることができないのだった。

そんな麻耶から一年ほど前に電話がかかってきた。そのとき、彼女は気になることを言った。

『私、最近まで知らなかったんだけど、日菜多ちゃんが通ってる学校って、カケラ女の事件があったところよね？　なんだか心配だわ。だってあれ、たぶん美雪さんのことだと思うの』

そのときは「今は忙しいからまた今度」と適当なことを言って電話を切ったが、やはり気になってカケラ女について調べてみた。

仕事柄、都市伝説にも注意を払っていた亮次なので、当然カケラ女の話も知っていたが、なぜだかそれほど興味を惹かれることはなかった。まるで無意識に避けていたかのように……。

調べてみると、カケラ女の正体と言われる女性は一度死に、その死体の一部から生えてきた、と言われていた。それは明らかに美雪のことだ。どこからかあの事件の情報がもれ、その続きの物語を人々が想像するうちに都市伝説になってしまったらしい。

美雪はちぎれた指の先から再生してきた女だ。それが小さなカケラであっても、もしかしたら、いつかまたそのカケラから再生して……という思いを亮次は否定できなかった。

そんなことを考えていると、スマホにメールが届いた。制作プロダクションの契約スタッフとして仕事を手伝ってくれている友川勇樹という若い男からだ。

『お疲れさまです。ちょっと編集機を使わせてもらいたいんで、あとで行っても大丈夫ですか？　現場の仕事が押してて、日付が変わってからになりそうなんですけど』

『いつでもいいよ。俺が寝てたら、勝手に入って機材を使ってもらっていいから』

そう返信した。

今日はもうこれぐらいにして酒でも飲もうか。事務所の奥には小さなキッチンがある。そこに置いてある冷蔵庫の中からビールと魚肉ソーセージを取り出した。

ソファーに腰を下ろしてビールを一口飲んだとき、背後で物音がした。なにかが床の上を這っているかのような音だ。

「またか……。おい、誰かいるのか？」

亮次は振り返って、見えない存在に向かって声をかけた。誰か、という問いかけは逃げだと思うが、そのものの名前を口にするのは恐ろしかった。

一ヶ月ほど前から奇妙な気配を感じるようになった。最初はふとしたときに誰かに見られているような気がするといった微妙なものだったが、そのうち、腐敗臭のような匂いがどこかから漂ってきたり、実際に今のような物音が聞こえたりするようになった。

さらに、眠るといやな夢を見るようになった。白くて半分腐った手が地面から突き出て亮次の足首をつかみ、地中に引きずり込もうとする夢だ。

毎回、もがき、悲鳴を上げ、抵抗しても、最後には頭まで埋まってしまい、苦しくて目を覚ます。そんなとき、直前まですぐ横になにかがいたかのように、いつものいやな匂いが漂っていたりするのだ。

それは、以前に比呂子から聞かされた、美雪の生き霊に苦しめられた話を連想させた。

まさか……まさか本当に美雪がまた蘇りつつあるのではないだろうか？

そんなことはないと思いたいが、もしも美雪が生き返ったら、彼女自身の憎悪の念はどこに向けられるのか？

それは家庭を壊し、息子を死に追いやった比呂子に違いない。

でも、比呂子はもういない。それならその憎しみは比呂子の娘……日菜多に向けられるかもしれない。

そう思ったからこそ、亮次はカケラ女と美雪について調べていたのだ。もしもとんでもない事態になったときに立ち向かう方法を見つけるために。

そして、そのとんでもない事態が、今、亮次に迫っていた。

スクリーンセーバーが作動していたのに、パソコン画面が不意に明るくなった。亮次は触っていない。まるでハッキングでもされたかのようにカーソルがひとりでに動きだした。

もちろんハッキングされることはあり得ない。このパソコンはネットに接続できないようにしてあるのだ。

慌ててマウスをつかんで操作しようとしたが、カーソルが勝手に動き、美雪のフォルダーを開く。そして動画ファイルの上で止まり、カチカチッと硬い音とともにダブルクリックされた。

動画ファイルが再生される。それは比呂子が伊原直人の家に最初に行ったときに撮影した動画だった。比呂子が東邦テレビの編集機で再生したときに、自動でバックアップが作成されていた。それを亮次が個人的に保存しておいたものだ。

怪異の現場を実際に撮影した映像なのだ。貴重だし、比呂子が戦い、そして勝利した証拠として残しておきたかった。

映像は、土まみれになった廊下を進んでいく。途中、美雪の遺骨や遺影が映し出され、さらに進むと荒れ果てたリビングが現れた。そして、カメラは暗い庭に向けられ見える。その庭の一部が、大きく盛り上がっている。土葬された墓——土饅頭のように見える。

カメラがその土饅頭にズームアップしていく。さらにデジタルズームが施され、粒子が粗くなって四角くなったところがスムーズに補正される。

そのとき、画像が一瞬乱れたが、すぐにまたもとに戻った。

土の中でなにかが動く。それは目だ。その目が瞬きしたのだ。目はじっとこちらを見ている。そう、事務所にひとりでいる亮次をじっと見つめている。この映像は何度も見ていたが、以前に見たときとはなにかが違うように感じた。

「美雪……なのか？　どうして今頃また……」

すぐ目の前に美雪がいるかのように、亮次は問いかけた。

不意に生臭い匂いが漂ってきた。それは画面の中からだ。ハッとして見ると、パラパラと土がパソコン画面の中からこぼれ出てきていた。

触れてはならない土のように思えて、亮次は椅子を鳴らして立ち上がった。その瞬間、胸元に衝撃を受けた。反射的に手を当てると、それは日菜多のペンダントだった。魔除けのパワーストーンが、火傷しそうなほど熱くなっている。

「な……なんだ、これは。いったいどうなってるんだ？」

とっさにペンダントを引きちぎろうとしたとき、頭の中に猛烈な痛みが走った。ハンマーで脳みそを力いっぱい叩かれたような痛みだ。

目の前が真っ暗になる。亮次は前のめりに倒れた。最後の力を振り絞って伸ばした手が、パソコンの電源ボタンを押した。

そのまま亮次の意識は暗い闇に呑み込まれていった。

## 4

パジャマ姿でパソコンに向かって夏休みの宿題のレポートを書いていた柏原日菜多は、キーボードを叩く指の動きを止めて両腕を突き上げ、椅子の背もたれに身体を預けるようにして伸びをした。

家の中は静まりかえっている。もう真夜中の十二時過ぎだ。集中していたために、かなり時間が経っていた。

夜の早い祖母、志津子はもうとっくに眠っているだろう。古い木造の一軒家なので音はよく響く。日菜多は祖母に気をつかい、物音を立てないように気をつけてベッドに仰向けに寝転び、スマホにＳＮＳの画面を表示して右手の人差し指でスクロールしていく。

特に誰がなにをつぶやいているのか気になるわけではない。そうやってつぶやきを眺めるのは、少し時間が空いたときにする習慣のようなものだった。だから書かれている内容を吟味することもなく、どんどんスクロールしていく。

たまに目に留まったつぶやきに「いいね」をタップする。それも習慣、惰性の行為だ。

自分がフォローしている人たちのつぶやきの他にも、誰かが「いいね」や「リツイート」したつぶやきもタイムラインに表示される。その中に『カケラ女』という文字が不意に浮き上がり、ハッとしてスクロールする指の動きが止まった。

一週間前に父親である亮次と食事をした。あれからずっと亮次のことが気になっていた。

亮次に悪気はなかったのだ。それどころか誕生日を祝おうとしたのは娘の成長をよろこんでのことだったというのはわかる。あんなに感情的になってしまった自分のことを、日菜多は反省していた。

だからといって電話をかけてあやまったりするのは気が重かった。相手は実の父親だ。いやでもまた顔を合わせることになる。そのとき、「ごめん」と一言あやまれば、それでいい。無理やり自分を納得させた。

それに、もとはと言えば亮次が悪いのだ。

久しぶりに会ったというのに、学校でカケラ女の存在を感じたりすることはないか？と訊ねられた。日菜多がオカルト話を嫌っていることを亮次は知っているはずだ。だから亮次がそんな話をするのは意外だった。

カケラ女の都市伝説の中でもかなり有名なエピソードである、ミスコン大量虐殺事件の舞台となった修聖女子大学の附属高校に日菜多は通っていたので、まわりの生徒たちは〝一般常識〟としてカケラ女の都市伝説について知っていた。

もちろん日菜多の耳にも入ってくるが、あえてそういう話題には参加しないようにしていた。でも、亮次はなぜいきなりあんな質問をしたのか？

日菜多はSNSの画面を閉じ、ブラウザアプリを開いた。検索窓に『カケラ女』と打ち込んでみると、カケラ女に関する情報がずらーっと表示された。

都市伝説の内容はだいたい知っているが、映像は見たことがなかった。亮次が持っていたノートパソコンの中にはおそらくカケラ女の映像がいくつも収められていたはずだ。

恨みを残して死んだ女の身体の中にカケラ女が入り込んで生き返らせ、復讐を果たすなどといったことが実際にあるわけがない。どうせフェイク映像に決まっている。

それでも気になる。

日菜多は『閲覧注意！　カケラ女の映像』と表示されているもののひとつをタップしてみた。その瞬間、なぜだか背中がゾクッとした。

やっぱり見るのはやめておこうと思って映像を閉じようとしたときには、もう再生が始まっていた。

画面の角度や構図から、どうやら防犯カメラの映像のようだ。

映し出されているのは倉庫の入り口辺りだ。そこに女がフレームインしてきた。誰かに追われているらしく、背後を気にしている。

女は倉庫に逃げ込もうとして扉に手をかけるが、鍵がかかっているために開かない。そこに今度は男がフレームインしてきた。気配を感じた女が振り返る。画質が悪いが、女の顔に恐怖の色が浮かぶのがはっきりとわかった。

男の手にはなにか光る物が握られている。ナイフか包丁か。男はそれを振りかざして女に襲いかかる。

とっさに女は手で防ごうとするが、そんなものは無駄な抵抗だ。女の腕が切り裂かれ、次に頭部を切りつけられ、すぐに血まみれになってしまう。

白黒の映像だが、なぜだかその血の赤さがはっきりとわかる。

倒れ込んだ女に馬乗りになり、男は何度も刃物を振り下ろし続けた。もう女はぴくりとも動かない。不意に男は刃物を振り下ろす手を止め、ハッとしたように周囲を見回したと思うと、慌てて逃げ出した。

あとには女の死体だけが残された。その映像がしばらく続く。日菜多はなぜだかそれから目を離すことができずに、無音の防犯カメラ映像をじっと見つめ続けた。

街灯が瞬き、画面がさらに暗くなった。なにかが起こりそうだ。そう思ったとき、女の手がぴくりと動いた。次の瞬間、女はむくりと上体を起こした。そして、いきなりその場に立ち上がった。それはまるで首根っこを誰かにつかまれて引っ張り上げられたような不自然な立ち方だった。

それまで息をつめて画面を見つめていた日菜多の口から、変な声がもれてしまった。女は苦悶の表情がこびりついた顔をこちらに向けていた。

そして、じっと防犯カメラを睨みつけている。いや、それを見ている日菜多のことを睨みつけている。まるで蛇に睨まれたカエルのように、日菜多は目を逸らすこともできない——。

気がつくと画面がまた真っ暗になっていた。日菜多は慌てて身体を起こし、スマホの電源を切った。

「今のがカケラ女……？」

　フェイク映像に決まっている。そう思いながらも、身体の震えがとまらなかった。

　やっぱり見なければよかった。どうしてこんな変なものを見てしまったのだろう。

　それもこれもお父さんが悪いんだ。ほんとにあの人は……と心の中で亮次を責めようとしたとき、左腕に激痛が走った。

「はっうぅ……」

　とっさにパジャマの上から腕を押さえ、日菜多は前屈みになった。

「な……なんなの、これ……うう……、いったいどうしたっていうの？」

　奥歯を噛みしめ、呻き声を上げながら、日菜多は必死に痛みに耐えた。

　しばらくそうしていると、徐々に痛みに慣れてきた。

　日菜多はおそるおそるパジャマの袖をめくり上げた。二の腕が真っ赤に腫れ上がっていた。なにかのアレルギーだろうか？　でも、夕飯を食べてからもうだいぶ時間が経っていたし、このパジャマは去年からずっと使っているものだ。

　変なものを食べたり触ったりしたせいとは思えない。思い当たることはなにもなかった。

いや、ひょっとして……。

気味の悪い映像を見たせいで身体が拒否反応を起こしたのかもしれない。だとしたら、やはり日菜多にカケラ女の話をした亮次のせいだ。

それに、無神経にも日菜多の誕生日を祝おうとした父親に対して、また怒りが込み上げてきた。おかげで腕の痛みが少しやわらいだような気がした。

*

ドアをノックする音と、志津子の尋常ではない叫び声で日菜多は目を覚ました。微かに開いたカーテンの隙間の向こうは暗い。まだ夜明け前ということだ。身体を起こそうとしたら左腕に痛みが走り、日菜多は眠る前のことを思い出した。

スマホを見ていると腕がいきなり腫れ上がった。一応、家にあった虫刺されの薬を塗って包帯を巻いておいたが、その痛みのせいでなかなか眠れなかった。

そしてようやく眠れたところだった。おまけにその短い眠りの中で、なにか怖い夢を見ていたような気がする。寝汗でパジャマが濡れていて気持ち悪い。全部、あんな不気味な映像を観たせいだ。

ノブを乱暴に回す音が響く。勝手にドアを開けられるのがいやで鍵をかけてあった。そのことを咎めるように何度もノブを回し、ドアをガタガタ鳴らしながら、志津子がさらに叫ぶ。

「日菜多ちゃん、起きて！　亮次が……あんたのお父さんが……」

そのままドアの向こうでなにかがずり落ちる音がした。そしてすすり泣き。日菜多は悪夢が現実になったと感じた。

## 5

真夏の日差しが強烈に照りつけている。その下を柏原日菜多はバイクで駆け抜ける。まるで熱帯のように湿気がすごくて蒸し暑い。不快指数は相当なもののはずだ。その不快感から逃れたくて、日菜多はスピードを上げた。湿った熱い風がさらに強く日菜多の身体を叩く。結局、不快感は変わらない。

スピードを出しすぎているのはわかる。それでも日菜多はアクセルを戻そうとはしない。危険であることがバイクの魅力だと亮次に話したのは嘘ではない。こんな命なんて……。

そのとき、耳元で誰かがなにか囁いたように感じた。でもそれは、きっと気のせいだ。亮次が亡くなってから、そういうことが何度もあった。

部屋にいると階段を上ってくる足音が聞こえ、志津子だろうと思っていると、そのまま気配が消えてしまう。一階に下りて「さっき、部屋の前まで来たでしょ？　なんの用だったの？」と訊ねると、志津子は二階になど行ってないと言うのだ。

父親の突然の死のせいで、ナーバスになっているだけだ。今のもそうに違いない。

そんなことを考えながらも、結局、事故を起こすこともなく目的地が近づいてくる。目的地は亮次の事務所だ。

あの日、志津子に起こされて、日菜多は亮次の死を知った。なんでも、亮次の制作プロダクションの契約スタッフが深夜に撮影を終えて事務所に立ち寄ると、亮次が床に倒れていたらしい。

そのときには亮次の心臓はすでに止まっていた。スタッフは驚いて一一九番に通報し、駆けつけた救急隊員によって亮次の死亡が確認された。

その後、遺体は警察署へ運ばれて詳細な検死が行われた。それによると、亮次の死因はくも膜下出血だった。事件性はなく、不規則で不摂生な生活を長年送ってきたつけがきたのではないかとの話だ。

確かに日菜多の誕生日に久しぶりに会った亮次は顔色は青白く、料理にもほとんど口をつけず、体調が悪そうだった。あのとき、もっと亮次のことを気にかけて、人間ドックでも受診するように勧めていれば……。

日菜多の心の中で後悔の念が薄れることはなかった。

亮次が亡くなった今、借りていた事務所を片付ける必要がある。亮次の母である志津子はショックを受けていて、遺品整理などできる状況ではない。

葬式は親戚の助けを借りてなんとか終えることができたが、息子が灰になって家に戻ってくると、もうそこで力尽きたように志津子は寝込んでしまった。

すると、料理もろくにできない日菜多には任せておけないからと、亮次の姉――伯母がしばらく家に泊まり込んで祖母の世話をしてくれることになった。

そして学校が夏休みで手が空いている日菜多が、遺品整理をすることになった。

亮次の事務所に行くのは初めてだったので、住所をナビに入力し、それを頼りにバイクを走らせていると、目の前に四階建ての古ぼけた雑居ビルが現れた。

「あれか……」

日菜多はビルの前でバイクを停めた。

四階に事務所があるということだ。ヘルメットを脱いでその部屋らしき窓を見上げ、もう一度視線を下に下ろすと、ビルの出入り口に若い男が立っているのが目についた。

ダボッとしたストリート系ファッションで、髪も長くて、いかにもチャラそうな感じの男がこちらを見ている。年齢は二十代半ばぐらいだろう。その辺のコンビニの前にたむろしていそうな男だ。

なんだかいやだなと思いながらも、そのビルに用があるのだから仕方ない。日菜多はヘルメットを片手に持ってそちらに歩いて行く。

「柏原日菜多さん？」

横をすり抜けようとすると、男が日菜多の名前を呼んだ。

「そうですけど」

警戒心を隠さずに答えた日菜多に、男は目を伏せて微かに頭を下げた。

「この度はご愁傷さまでした」

見た目とのギャップがありすぎて、一瞬、なにを言っているのかわからなかった。

「ひょっとしてあなたが？」

「友川勇樹(ゆうき)です。柏原さんの葬式はどうしても外せない泊まりがけのロケがあって参列できなくて……。まあ、柏原さんは怒ってないと思うけど。あの人もなによりも仕事を優先する人だったからね」

確か友川という名前のスタッフが倒れている亮次を発見して通報してくれたということだった。

「その節は、父のためにいろいろしていただいて、ありがとうございました」

日菜多が礼を言うと、友川はもう形式張った表情を収めて言った。

「いや、俺は柏原さんにさんざんお世話になってたから、そんなのはいいんだよ。それより、事務所の整理をするんだろ？　柏原さんのお母さんから電話があったんだ。俺も手伝うよ。あっ、気にしなくていいよ。俺のアパート、すぐ近所なんだ。だからいつも仕事の行き帰りに機材を取りにきたりしてて、自分の部屋みたいなもんだからさ」

そんなことを言いながら友川はさっさとビルに入っていく。

父親が死んだ場所にひとりで行くことに不安があったので、誰かがいてくれると心強い。でも、それがこんなチャラそうな男だと少し話が違う。

どう言って断ろうかと考えていると、日菜多がついてきていないことに気づいた友川が振り返って面倒くさそうに言った。

「なに、とろとろしてんだよ。日菜多、早く来いよ」

そして、またひとりで先に行ってしまう。

いきなり名前を呼び捨てにされ、日菜多は面食らった。やはり苦手なタイプだと確信したが、このまま回れ右して帰ってしまうわけにはいかない。仕方なく日菜多は友川のあとを追ってビルの中に駆け込んでいった。

エレベーターで四階まで上ると、友川がドアの横に置いてある傘立ての下から鍵を取り出して鍵穴に差し込んだ。

「あっ、これ？ 柏原さんがいないときに、俺以外の人間も急に機材を取りに来たりするから、こうやって合い鍵を隠してあるんだよ。さあどうぞ。ここがあんたのお父さんの城だよ」

そう言って日菜多に先に入るように促した。

室内には真夏の熱気が充満していた。と同時に、ほんの少し腐敗臭がした。亮次は亡くなってすぐに発見されているので、そういう匂いではないはずだ。なにか食べ物が放置されていて、それが腐って異臭を放っているのかもしれない。

「うわ。暑いな」

日菜多に続いて部屋の中に入った友川は、匂いには特に気にとめる様子もなく、リモコンを使って冷房をつけた。黴臭い冷風が吹き出し、それで上書きされるようにして、すぐに腐敗臭は気にならなくなった。

日菜多は事務所の中をぐるりと見回した。

ここがお父さんの仕事場か……。

それほど広くないスペースに物が溢れている。撮影機材や編集機材などがいくつもあり、壁一面に設えられたラックにはＤＶＤや本がずらりと並んでいた。その背表紙を見ると、どれもがオカルト系の怪しげなタイトルのものだった。

事務所の奥にパーティションで区切られたスペースがあった。のぞくとそこにはパイプベッドが置かれていた。亮次はここで寝泊まりしていたのだ。

事務所内には小さなキッチンもあるし、浴槽はないが、一応シャワールームはあった。まあそれなりに快適に過ごしていたようだ。そう思うと少しほっとした。

一通り見て回るあいだ、特になにか言うでもなく壁にもたれかかるようにしてぼんやりと立ち尽くしていた友川が、もういいだろうというふうに口を開いた。

「しょぼい事務所だと思ってんだろ？　この辺は家賃が高いから、こんなボロいビルにしか事務所を構えられないんだよ。だけど、柏原さんはけっこう気に入ってたみたいだぜ」

「そんなこと思ってません」

とっさに否定したが、本当は図星だった。

「あ、そうだ。これ、亡くなったときに柏原さんが握り締めていたんだけど、日菜多のだろ？」

日菜多の反応など気にしていない様子で、友川がチェーンの部分をつかんでペンダントを日菜多に向かって差し出した。

それは亮次と最後に会ったときに落としたパワーストーンのペンダントだ。ちぎれたチェーンは補修されてある。

「柏原さんが一生懸命チェーンをつないでたよ。『娘のなんだけど、俺がちぎっちゃってさ。きれいに直さないと、また口をきいてもらえなくなっちゃうよ』って話してた。それなのに亡くなるときに苦しくて力いっぱいつかんだのか、またチェーンが切れてたんだ。だから今度は俺が直しておいてやったよ」

友川が恩着せがましく言って、さっさと受け取れよ、といったふうに日菜多に向かって突き出した手を上下に揺らした。

最後に父子でやりとりしたものなので、大事な物には違いない。ただ、そのペンダントを見ると、ひどいことを言って立ち去った瞬間の記憶が生々しく蘇る。あれが父親とのお別れの言葉だったなんて悲しすぎる。

「ありがとうございます」

日菜多は一応、礼を言ってペンダントを受け取り、濃い緑色の石を握り締めた。すっと気持ちが楽になった気がした。これもパワーストーンの効果なのだろうか？

「で、こっちが柏原さんが用意した誕生日プレゼント。デパートまで行って、俺も一緒に選んだんだぜ」

あの日、レストランで亮次が渡そうとしたリボンがついた小さな箱を、友川が差し出した。

それを受け取り、リボンをほどいて箱を開けてみた。ハート型の可愛らしいネックレスだ。これを父親とこの男がふたりで店に行って真剣に選んでいる姿を思い浮かべると、胸の奥が熱くなった。

でも、可愛すぎて、今の自分には似合わないような気がする。蓋を閉じて、日菜多は友川に背を向けた。

いつまでも感傷に浸っているわけにはいかない。亮次が亡くなった今、この事務所はなるべく早く引き払わなければならないのだ。でも、荷物の整理をするといっても、なにから手をつけていいかわからない。

機材の類いもそうだが、大量の本やＤＶＤや古いビデオテープなど、日菜多には価値も処分方法もわからない物ばかりだ。

「これ、欲しい人いますかね？　いたら、あげちゃいたいんですけど」

ＤＶＤや本が並べられたラックを見ながら日菜多が言うと、友川が目を輝かせた。

「マジ？　俺、欲しいよ。けっこう貴重な資料も多いんだ。だけど俺んちは狭いから置く場所がないんだよな。売ればかなりの額にもなりそうだけど、それもなんだかもったいないしな。これなんかプレミアがついてて、すげぇ貴重なんだぜ」

ラックを眺めながら興奮した様子でひとりごとを言っている友川をそのままにして、日菜多はさらに事務所の中を見て回った。

そして、一番奥に置かれたデスクの前に立った。

「あ、そこ、いつも柏原さんが座ってたデスクだ」

そう言われた瞬間、デスクの前に座っている亮次の姿が見えたような気がした。でもそれはすぐに消えた。

日菜多は椅子を引き、そこに座ってみた。目の前にノートパソコンが置かれている。それには見覚えがある。最後に会ったときに亮次が使っていた、カケラ女に関する取材データが入っているというノートパソコンだ。

日菜多は何気なくパソコンの蓋を開いた。電源ボタンを押すとすぐに画面が明るくなったが、パスワードを入力しろという表示が現れた。

「パスワードも最強だ」

そう言う亮次の真剣な顔が思い出された。余計なことを。でも亮次は日菜多にパソコンの中身を見せたくなかったのだから、責めるのはお門違いだ。

最強のパスワードといっても、どうせ亮次のことだから、恐ろしく単純なものに違いない。日菜多は亮次の名前をアルファベットで入力し、そのあとに誕生日を入力してエンターキーを押した。

耳障りな警告音が鳴り、エラーと表示される。

「どうした？」

ブザーの音を聞きつけて、形見分けしてもらう資料を物色していた友川がこちらにやってきた。

「カケラ女専用のパソコンか。柏原さん、最近はいつもこれを持ち歩いてて、よく真剣な顔をしながらなんか作業をしてたんだよな。ちょっと異常なぐらいだったな。それに、俺が後ろからのぞき見しようとしたら、慌てて蓋を閉めて、『見るな！』って、すげえ怖い顔で睨まれたよ。亡くなった日も蓋を開けた状態で机の上に出してあったから、作業をしているときに体調が悪くなったみたいだ。でも、電源は切れてたんだけどな」

亡くなる直前もカケラ女に関してなにか作業をしていたのだろうか？　死因はくも膜下出血だということだが、最期の瞬間に亮次はなにを見たのか？　というか、本当に病死なのだろうか？

このパソコンの中身は、日菜多に見せないだけでなく、仕事仲間である友川にも見せないようにしていたらしい。いったいどうして、そんなに秘密にする必要があるのか？

ネットで検索できるカケラ女の情報とは全然違うディープな内容が入っていることは間違いないだろう。カケラ女なんて少しも興味はなかったが、秘密にされると逆に気になってしまう。

「パスワード、わからないですよね？」

日菜多が訊ねると、友川は顎を右手で触って「う～ん」と唸った。

「確か三回連続で間違ったらデータが全部消えてしまうようにプログラムしてるって言ってたな。ほんとかどうかわからないけどさ。でも、柏原さんのことだから、どっかにメモ書きして置いてるんじゃないかな。自分でも忘れてしまうかもしれないからさ」

友川は亮次のデスクまわりにそれらしいメモはないかと捜し始めた。仕方なく日菜多も一緒に捜してみた。

「これじゃね？」

しばらく捜していると、友川がいきなり大きな声を出した。手にはメモ用紙を持っている。

「柏原さんのジャケットのポケットから出てきたんだけど……」

意味不明の文字列が手書きされたメモだ。文字列の上には「パス」と書かれている。なにかのパスワードであることは間違いなさそうだ。それがこのノートパソコンのパスワードかどうかはわからないが、その可能性は高い。

「試してみますね」

日菜多は慎重にメモの文字を入力し、エンターキーを押した。またエラー表示が出てブザー音が鳴り、日菜多と友川が同時にため息をついた。

「どうする？　チャンスはもう一回だけだぞ」

日菜多は返事をせずにじっとパソコン画面を見つめた。

「どうしてそんなに中身が見たいんだ？　日菜多はオカルトが嫌いなんだろ？　柏原

さんがよく話してたぞ」

「オカルトが好きとか嫌いとかじゃないんです。この中になにが入っているのか、それが気になってたまらないんです。私、これを見なきゃいけない気がするんです」

気がつくと、無意識のうちに日菜多は首から提げたパワーストーンを握り締めていた。力を込める。すると、いきなり左腕が疼き、激痛が走った。

「いっ……痛い……」

日菜多は腕を押さえて椅子から転げ落ちた。床に倒れ込んで左腕を押さえて苦しむ日菜多を、友川が心配げにのぞき込む。

「おい、どうした？　見せてみろ」

友川が日菜多のシャツの左袖をめくり上げると、包帯を巻いた腕が現れた。

「なんだ、怪我してるのか？」

確かに数日前から腕が腫れ上がっていた。でも、痛みはもうほとんど消えていたのだ。それがいきなりまた痛み出した。自分の腕にいったいなにが起こっているのか確かめたくて、日菜多は包帯をほどき始めた。

「お、おい。なにしてるんだ？　ほどいて大丈夫なのか？」

いちいちうるさい男だ。日菜多は無視して包帯を全部ほどいた。日菜多の細い腕が剥き出しになった。

水ぶくれになっていたのはだいぶ治っていたが、その代わり、腕全体にまるで釘で引っ掻いたようなミミズ腫れが何本もできていた。

「なんなんだよ、それ」

「知らないよ。これ、お父さんが亡くなった夜にいきなり腕が腫れ上がったの」

もう、いちいち敬語でしゃべっていられない。タメ口を使ったが、友川はそんなことは気にならないようだ。

「それは何時頃の話だ？」

その問いかけに日菜多が答えると、友川が唸った。

「柏原さんが亡くなった時間じゃないか。それにこれ、文字じゃねえのか。ほら、T、C、X、これは……数字の5か？　で、これが……」

友川は日菜多の腕にできたミミズ腫れで書かれた文字を判読していく。

「ひょっとして、これってパスワードかもよ」

「嘘でしょ。どうして？」

「柏原さんが亡くなった時間にいきなり腫れ上がったっていうなら、やっぱり柏原さんが念を飛ばしたんじゃね？」

「まさか……。霊能力とかがまったくないことがコンプレックスだったお父さんに、そんなことができるわけが……」

「亡くなる瞬間、それまで秘めていた力を解放できたのかもしれねえじゃん。とりあえず試してみろよ」

日菜多は自分の腕に浮き出たミミズ腫れと、パソコンのパスワード入力画面を交互に見た。状況的にこのパソコンのパスワードだとしか思えない。

日菜多は自分の左腕を見ながら慎重に文字を入力していった。

「ほんとにこれでいいと思う？」

「知らねえよ。日菜多の親父のパソコンなんだから、自分で決めろよ」

無責任な友川の言葉に少しムッとしたが、確かにそうだ。日菜多が決めることだ。

エンターキーに中指を載せる。そのまま力を加えようとしたが、なぜだか指が硬直して動かない。押すな、と誰かが邪魔をしているような気がした。

「どうすんだ？　俺が押してやろうか？」

友川が横から手を伸ばそうとする。

「いい。私が押す！」

余計なことはしないで、という言葉はなんとか呑み込んで、日菜多はエンターキーを中指で叩いた。軽やかな音とともに画面が変わった。

「ビンゴ！」

友川が拳を握り締めて日菜多の耳元で叫んだ。その能天気さが鬱陶しい。でも、悪い予感に呑み込まれそうになっていた日菜多には、そんな友川の存在が少しありがたかった。

自分の腕にできたミミズ腫れは、本当にパスワードだった。亮次が最期の瞬間に生まれて初めて超常現象を起こしたらしい。

「やっぱり柏原さんがパスワードを念で送ったんだな。自分の遺志を継いで、カケラ女の取材を続けてくれってメッセージじゃないのか」

「どうして私がカケラ女の取材を引き継がなきゃいけないの？　いやだよ、そんなの気持ち悪い」

目の前にあるのはごく普通のパソコンのトップ画面だが、なぜだか不吉に感じられる。それでも中身を確認しないわけにはいかない。

日菜多はマウスを操作してハードディスクを開いた。その瞬間、ゾッとする感覚に襲われた。

小さなフォルダーがびっしりと画面を埋め尽くしていた。子供の頃に空き地にある大きな石をひっくり返したら、下から名前も知らない小さな虫がうじゃうじゃと湧き出てきたことがあった。なぜだかあのときと同じような不快さを感じ、全身にさーっと鳥肌が立った。

しかも、タイトル名がすべて不吉に文字化けしてしまっている。そのフォルダーの中には、なにかよくないものがいくつも収納されているような気がして、見たくないという思いが大きくなる。

そんな日菜多の気持ちを察することもなく、友川がのんびりとした口調で言う。

「なんだ、文字化けしちゃってるな。一応、全部開いてデータを確認したほうがいいぞ。あんなすげえパスワードの送り方をしてるぐらいだから、相当なもんが入ってんじゃねえのかな」

言われるまでもない。不吉な予感を抑え込んで試しにフォルダーのひとつを開こうとしたとき、ドアのほうで物音がした。

神経が過敏になっていた日菜多は飛び上がりそうなほど驚いてそちらを見た。鉄製のドアの向こうで誰かが息を殺している気配がする。

日菜多は小声で友川に言った。

「誰かいる」

「風じゃねえか」

「見てきて」

「なんでだよ」

日菜多はただ無言でドアを見つめ続けた。根負けした友川が面倒くさそうにしながらも出入り口に向かい、勢いよくドアを開けた。

身体を廊下のほうに乗り出すようにして左右を窺うと、友川はこちらを振り返って首を横に振った。

「誰もいねえよ。やっぱり風だったんじゃね？」

ドアの向こうは内廊下だ。ドアを揺らすほど強い風が吹くとは思えない。誰かがドアに耳を当てて、中の会話を盗み聞きしていたような気がして仕方ない。

でも、古い雑居ビルなので防犯カメラの類いはなさそうだから、確認のしようはない。日菜多は無意識のうちに、文字がミミズ腫れで浮き出た左腕をさすっていた。

だけどすぐに、そんなに気にするようなことではない、と思い直した。日菜多たちの会話を盗み聞きしたところで、なにか得があるとは思えない。それなのに、どうしてこんなに気になるのか？

気がつくと、呼吸が浅くなっていた。気分転換しようと思ってふらりと立ち上がった日菜多は窓を開けた。クーラーで冷やされていた部屋の中に、真夏の熱気がもわっと押し寄せてくる。

その不快感に顔をしかめて何気なく地上を見下ろすと、道の向こう側からこちらを見上げている男と目が合った。

離れていたが、白髪の頭と顔に刻まれた深い皺がはっきりと見えた。年齢は七十歳ぐらいだろうか？

だが、年齢とは不似合いに、背筋がまっすぐに伸びて胸を張っていて、健康的に日焼けをしている。がっしりとした体格は、まるでスポーツ選手のような逞しさだ。

「どうした？」

日菜多の異変に気づいた友川が、肩口から顔を出して窓の下をのぞこうとした。

「あの人」

一瞬、友川のほうに視線を向けてそう言ってからもう一度地上を見ると、そこにはもうさっきの男はいなかった。

「誰もいないけど」

「いたの。白髪頭の男の人がこちらをじっと見てて……。さっきの物音、その人じゃないかな」

「たまたまじゃねえかな。窓を開ける音がしたから、反射的にこっちを見たとか」

そう言われると、自信がなくなった。

「……そうかもしれないね」

日菜多は窓を閉めて、デスクに向かった。左腕が疼く。こんな痛い思いをして開いたパソコンなのだから、中身をじっくりと確認しなくては……。

6

乃愛は部屋の隅で膝を抱えて息を殺していた。梨沙と数馬はカーペットに寝そべりながらテレビを見ている。ときどきふたりで冗談を言い合って笑い声を上げるが、そこに乃愛の笑い声はない。

この家の中に乃愛の居場所はなかった。昼間なら公園でひとりで遊んでいられたが、日が暮れたあとはそうもいかない。

それに、少しでもママの近くにいたかった。乃愛はカーテンに目をやった。その向こうには小さな庭があり、そこにママが埋まっている。今すぐにでも庭に駆け下りてママに話しかけたかったが、そんなことはできない。

もしもママのことを梨沙と数馬に知られたら、ふたりはママを掘り出して、どこかに捨ててしまうはずだ。だから、ふたりが家にいるときは、庭に出ることはできない。

えろいむえっさいむ……えろいむえっさいむ……。

乃愛にできるのは、心の中で呪文を唱えることだけだ。

二ヶ月前のあの夜、暗い道端で指を拾った乃愛は、それをポケットに入れて家に帰ってきた。こんなものを拾ってきたことを梨沙たちに知られてはならない。乃愛は緊張しながらドアを開けて、家の奥に声をかけた。

「ただいま」

返事はなかった。家の中は暗い。靴を脱いで玄関を上がり、部屋の中をのぞくと、梨沙と数馬は乃愛を夜の散歩に強引に送り出したことを忘れたかのように、布団の上で抱き合いながら寝息を立てていた。

おかえり、と声をかけてもらえないことは寂しかったが、今はふたりが眠っていてくれてかえってよかった。

少しでも早くママを庭に埋めてあげたい。

そんな思いから、乃愛は足音を立てないように気をつけて部屋の隅を通り抜け、小さな庭に面したテラス窓を開けて外へ出た。

左右には隣の部屋の庭との区切りのための板塀が立てられているその庭は、目の前に大きなマンションの壁があり、昼間でも暗い。夜はさらに暗いはずだが、ずっと外にいた乃愛の目は暗さに慣れていたため、荒れた庭の様子がはっきりと見える。

梨沙も数馬も庭の手入れなどしないし、酒瓶やゴミを適当にそこに捨ててしまう。そのゴミ溜めのような庭に下りた乃愛は、いつも出しっ放しになっているサンダルを履いて庭の隅まで行き、落ちていた板切れで地面に穴を掘り、そこに指を置いた。

「ママ、これでいいんだよね？」

そう小声で問いかけたが、返事はなかった。

「ママ……。ねえ、ママ……」

不安になって乃愛は何度も声をかけたが、やはり返事はない。

ひょっとして、あれは夢だったのだろうか？　急に不安になってきたが、乃愛は優しいママが帰ってきてくれる未来にすがりたかった。

「だいじょうぶだよ、ママ。乃愛ちゃんが絶対に生き返らせてあげるからね」

ママの指の上に少し山になるぐらい土を被せて、その上に目印としてアイスキャンディーの棒を立てた。それは珍しく機嫌がよかったときに梨沙が買ってくれたアイスキャンディーの棒だ。

梨沙が優しくしてくれたことがうれしくて、アイスキャンディーを食べたあとも乃愛はその木の棒を宝物として大切に持ち歩いていた。

でも、本当のママが生き返るなら、こんなものはもういらない。

「ママ……これを立てておいたら、どこに埋めたかわからなくならないからね」

手を合わせてそう声をかけてから、これではなんだかお墓みたいだと乃愛は思ったが、アイスキャンディーの棒を抜こうとはしなかった。

今はお墓でもいい。だって、ママは死んでるのだから。でも、ママは生き返る。そして、乃愛がそれを手助けしてあげるのだ。そう思い、乃愛はアイスキャンディーの棒が刺さった小山に向かって両手を合わせた。

そのとき頭の中に浮かんできたのが、今も乃愛が心の中で一日中唱えている呪文だった。今までに聞いたこともない言葉だったが、それを声に出してみた。

「えろいむえっさいむ……えろいむえっさいむ……」

意味はわからなかったが、ママが教えてくれたような気がした。

乃愛はそれ以来、毎日、梨沙と数馬の目を盗んで庭に出ると、ママの指が埋まっている場所に向かって祈り続けた。

そして、庭に出ることができないときも、心の中で呪文を唱え続けた。

えろいむえっさいむ……えろいむえっさいむ……。えろいむえっさいむ……えろいむえっさいむ……。

「おい、腹がへったな」

数馬が尻を掻きながら言った。乃愛はハッとしてそちらを見た。梨沙が応える。

「そうね。晩ご飯、食べに行く？」

「おまえがなんか作れよ」

「え～。面倒くさいよ。それより、ラーメン食べたくない？」

「おっ、いいな。まあ、おまえの料理を食うよりも、ラーメンのほうがずっとうまいからな」

「じゃあ、行こ」

ふたりは立ち上がり、玄関のほうに向かっていく。そこで初めて乃愛のことを思い出したように、梨沙が振り向いて冷たい声で言った。

「乃愛のご飯はテーブルに置いてあるから、ひとりで食べな」

それだけ言うと、さっさと出て行ってしまう。

乃愛はしばらく膝を抱えたまま耳を澄ましていた。サンダルを引きずるような足音が遠ざかっていく。それが完全に聞こえなくなってから、乃愛はようやく立ち上がった。

台所のテーブルの上にはあんパンがひとつ置かれていた。そんなものでも、用意されているだけましだ。それにあんパンは乃愛の好物でもあった。

今日は昼食を与えられていなかったので、お腹がへっていた。すぐにでも食べたかったが、それよりも庭が気になる。昨日も一昨日も、梨沙がずっと家にいたために、庭の様子を確認することができなかったのだ。

ふたりが出かけるのを心待ちにしていた乃愛は、あんパンを食べるのはあと回しにして庭に面したテラス窓を開けた。

部屋の中の明かりが、暗い庭にもれ出る。その明かりにぼんやりと照らされた庭をテラスから見下ろした乃愛は、お腹の辺りがポッと温かくなるのを感じた。

指を埋めた場所の土が、二日前よりもさらに大きく盛り上がっている。その下でなにかが成長しているのは間違いない。

乃愛はサンダルを履いて庭に下り、土山に駆け寄った。

「ママ、こんなものはもういらないね」

目印のために地面に突き立てていたアイスキャンディーの棒を引き抜いた。もうここはお墓ではない。生きたママが埋まっているのだ。

「早くママに会いたいよ。一緒になにして遊ぼうか？　あやとりできる？　乃愛ちゃんはやり方がわからないの。テレビで観て面白そうだと思ったんだけど、教えてくれるお友だちもいないし……。でも、ママが生き返ったら、もう寂しくなんかないね」

乃愛は夢中になって話しかけ続けた。それは乃愛の今までの人生の中で一番楽しい時間だった。だから、後ろから見られていることにも気がつかなかった。

「おい、乃愛。なにを気持ち悪いことを言ってんだよ」

声が聞こえて驚いて振り返ると、梨沙がテラスの上に立って腕組みをしながらこちらを見下ろしていた。

さっき出て行ったばかりなのに……。

乃愛の声に出さない疑問に答えるように梨沙が言う。

「財布を忘れて取りに帰ってみたら、なんか面白そうな遊びをしてるじゃないの」

「どうした？」

梨沙の後ろから数馬がのっそりと顔を出した。部屋の中の明かりを背にしているので、ふたりの顔が影になっていてその表情は見えない。でも、乃愛にはふたりがどんな顔をしているのかわかった。乃愛をいじめる口実を見つけたときに見せる、すごくいやな笑顔をしているのだ。

「乃愛が庭に土で山を作ってぶつぶつ言ってんだよ。ママが生き返ったとかってさ」

「はあ？　やめろよ、気色悪りぃな。こいつはまともな生まれ方をしてねえんだから、冗談にならねえよ」

「ほんとだよ。いいかげんにしてほしいよ。こんな姪っ子とあんな妹を持ったあたしは、この世で一番の不幸者だよ」

なにがおかしいのか、梨沙は「アハハ」と乾いた笑い声を上げた。

「おい、さっさと部屋に上がれよ」

数馬が言ったが、乃愛は動かなかった。部屋に上がって叩かれるのがいやなわけではなく、ママから離れたくなかっただけだ。

乃愛が自分の言う通りにしないことで腹を立てた数馬が、さらに語気を強くして言った。

「俺の言うことが聞けねえのか。おい、早く上がれ！」

「いや！　乃愛ちゃん、ママから離れたくない！」

乃愛はママが埋まっている横にしゃがみ込んだまま、数馬を睨んだ。

「なんだと。俺に逆らうのかよ。わかった。そんなことをしたらどうなるか、思い知らせてやるよ」

数馬がサンダルも履かずに庭へ下りて、乃愛に詰め寄る。そのとき、盛り上がった土が微かに崩れた。

「ん？」

パラパラと崩れ落ちる土に気づいた数馬が足を止めてそちらを見た。

「なんだ？　おまえ、ここになにを埋めたんだ？」

盛り上がった土がもぞもぞと動いている。その下にいるものが今にも地上に出てきそうだ。

ママ……。だいじょうぶなの？　もう土の中から出てきてもだいじょうぶなの？

乃愛は心配しながら小山を見つめた。

「どうしたのさ？　なにやってんのよ？」

梨沙が面倒くさそうに訊ねた。

「土の下でなにかが動いてんだよ。猫でも埋めたんじゃねえか、こいつ」

「嘘っ。なんてひどいことをするんだろう、このガキは。ねえ、あんた、助けてあげなよ」

「ん……んん……」

なにか不吉なものを感じるのか、数馬は顔をしかめて、おそるおそるといったふうに足を伸ばし、土山を崩そうとする。

「ダメ！　やめて！」

乃愛は数馬の足にしがみついた。数馬が乃愛を払いのける。

「おい、邪魔すんなよ、このクソガキ」

地面に倒れ込んだ乃愛を一瞥して、数馬は今度はサッカーボールでも蹴るように、勢いよく土山を蹴りつけた。その足は鈍い音とともに、つま先が土に突き刺さった状態で止まった。

「な……なんだ……この感触……」

数馬がよろけるように二、三歩、後ろに下がった。そのつま先は透明な粘液と土にまみれていた。

数馬はおそるおそる腰を屈めるようにして、崩れた土山をのぞき込んだ。

「どうしたの？　猫は大丈夫なの？」

「猫じゃねえ。なんか変なのが埋まってるんだ。見た感じ、人間の肌っぽくて……。でも、すげえきれいで生まれたての赤ん坊みたいな……」

「バカ。そんなのが埋まってるわけないじゃないの。ちゃんと確認しなよ」

「い……いやだ。おまえが確認しろよ」

さらに後ろに下がりながら数馬が言うと、梨沙が心配そうに言った。

「あんた、ひょっとして変なクスリなんかやってないでしょうね」

「やってねえよ！　幻覚なんかじゃねえから、自分で確かめてみろよ」

「しょうがないね」

梨沙も裸足で庭に下りてきて、崩れた土山に顔を近づける。そこには白い肌がのぞいている。そしてそれは、微かに動いている。まるで呼吸でもしているかのように。

「気持ち悪！　乃愛！　おまえ、なにを埋めたんだよ！」

梨沙が怒鳴る。乃愛は地面に座り込んだまま、今度はじっと梨沙を睨みつけた。ママが一緒だから、もう怖くない。

「なんだよ、その目は！　育ててやってる恩を忘れやがって！」

激高した梨沙が乃愛に向かってきた。手を振り上げて、頭を叩こうとする。

「ママ、助けて！　乃愛ちゃん、この人、嫌い！」

乃愛が叫ぶと同時に、梨沙はまるで目に見えないなにかに弾き飛ばされたように、勢いよく後ろに倒れ込んだ。

呻きながら、腰を押さえて身体を起こす。その目には怯えの色がはっきりと浮かんでいる。

自分の妻がひどい目に遭わされたことにキレて、数馬が乃愛に向かってきた。

「おい、乃愛！　おまえ、梨沙になにをしたッ？」

乃愛につかみかかろうとした数馬もまた、梨沙と同じように弾き飛ばされた。地面に倒れ込んだ数馬に、梨沙がそっと身体を寄せる。

「あんた、大丈夫？」

「痛……。なんなんだよ、これはよお」

「私の子供をいじめないで」

暗い庭に声が静かに響いた。

「今の……今の聞こえたか？」

「うん……私の子供って……はっきりと……」

梨沙と数馬が顔を見合わせる。

「じゃあ、ここに埋まってるのはおまえの妹？」

「違う。そんなわけない。あの子は火葬にしたもん。灰になったのをあんたも見たでしょ？　それに声が違う。今のはあの子の声じゃなかった」

パラパラと土が崩れ落ち、中からなにかが這い出してくる。髪の毛があり、顔のようなものがあり、腕のようなものがあり、足のようなものもある。人間のようだが、完全な人間にはいろんなものが足りない。人間になりそこなったものが、地中から這い出してくる。

長い黒髪の下から大きな目玉がぎょろりとのぞき、梨沙と数馬を睨みつける。

「私の子供をいじめないで」

ふたりは苦しそうに顔をしかめて、同時に胸を掻きむしり始めた。

「た……助けて！」

梨沙が必死に助けを呼ぶが、アパートの他の部屋は全部空室だし、まわりの家もすべて立ち退き済みだ。目の前のマンションはコンクリートの壁をこちらに向けて、貧しい人たちとの関わりを拒絶している。

梨沙のくぐもった悲鳴など、誰にも届かない。

「やめてくれ……。乃愛……。頼む。許してくれ……。もう殴らない。約束するから……」

数馬が身体をのたうたせながら、なんとか声を絞り出した。その横で梨沙が土下座するように両手をつき、地面に爪をめり込ませながら必死に懇願する。

「の……乃愛……わかった……私が悪かったから、もう……もう許して……。これからはちゃんとご飯も作ってあげる。だから……だから……もうやめさせて……」

乃愛はふたりに歩み寄り、目の前で仁王立ちした。苦しんでいる養父母を見下ろしながら言う。

「もう乃愛ちゃんに意地悪しない？」

梨沙と数馬は声を出すこともできない。目を血走らせて、顔を真っ赤にし、ただ必死にうなずき続ける。

「じゃあ、許してあげる。でも、うそだったら針千本飲ませるからね。ママ、もういいよ」

人間のなり損ないのようなママに乃愛が言うと同時に、梨沙と数馬がぐったりと地面に横たわった。ふたりは放心状態で、なにを見ているのかわからない目をしている。

乃愛の後ろでママが地面を這う音がした。振り返ると、また土の中に潜っていくところだった。

やはりまだ完全には蘇っていないのだ。あともう少し、この土の中で過ごす必要がある。そして乃愛が呪文を唱えてあげなければいけないのだ。

「ママ、ありがとう。乃愛ちゃんを守ってくれたんだね。ママが早く元気になるように、もっといっぱい呪文を唱えてあげるね。えろいむえっさいむ、えろいむえっさいむ、えろいむえっさいむ……」

## 7

日菜多はあの日からすでに三日間、事務所に泊まり込んでいた。

夏休み期間は週四で入る予定だったコンビニのバイトは、しばらく休ませてもらうことにした。父親が亡くなったことは伝えてあったので、店長も「いろいろ大変だね」と休むことをあっさり許してくれた。

祖母のことは心配だったが、不吉なものがいっぱい詰まったノートパソコンを家に持ち込みたくはなかった。それに伯母が泊まり込みで面倒を見てくれているので、その点は安心だ。

カケラ女に関する柏原亮次の取材データは膨大だった。タイトルが全部文字化けしていたので、ハードディスクに収められたそのひとつひとつに順番に目を通していたが、まだほとんど手つかずといった状態だった。

日菜多は今日も朝からずっと、亮次がノートパソコンの中に残した取材データを確認していた。

過去にカケラ女の事案と考えられる殺人事件等の新聞記事をスキャンした画像や、警察資料と思しき凄惨な現場写真、事件の関係者へ亮次自身が実際に取材した映像やテキストデータ、防犯カメラ等に映った殺された女性にカケラ女が寄生する瞬間といわれる映像等が大量に収納されているようだった。

その一部を見ただけで日菜多は心が折れてしまい、もうそれ以上動画ファイルを開く勇気が出ない。映像と画像は不気味すぎるので、とりあえず先にテキストデータのすべてに目を通すことにした。

カケラ女について亮次が調べたテキストデータを順番に読み込んでいると、ドアを開ける気配と同時に、友川の声が聞こえた。

「日菜多、ひょっとして昨日も泊まったのか？」

とたんに事務所内の空気が軽くなった。

「うん。家に帰るのが面倒くさくて」

不吉な気配を家に持ち帰りたくないなどと正直に答える必要はない。それに友川は赤の他人で、今回のことにはなにも関係ないのだから。

「父親が亡くなった場所だぜ。夜中にひとりでいて気持ち悪くねえのかよ」

取材してきた素材を編集するために、機材の電源を入れながら友川があきれたように言う。

亮次は亡くなったが、受注していた仕事を途中で放り出すわけにはいかない。いわゆる残務整理のために友川は事務所に通ってきていた。

日菜多はパソコン画面を見ながら答えた。

「別に気持ち悪くなんかないよ」

「女は強えよな。俺なんか、夜中はもちろん、昼間でもひとりでここにいるのはいやだけどな」

それだけ言うと、友川は日菜多がいるうちにやってしまおうというふうに映像データの編集作業を始めた。

ひとりでいても気持ち悪くはないと言ったが、それはただの強がりだった。

確かにこの事務所は少し気味が悪かったりする。シャワーの水がひとりでに出始めたり、壁にかけてある鏡の中を人影が通り過ぎたように感じることがあった。

それはもちろん、臆病な心がそう感じさせるだけのはずだ。でも、誰かが近くにいてくれると心強い。

テキストデータは夜中にひとりでいるときでもまだなんとか読めたが、映像を見るのはやはりひとりのときは無理だ。

友川がいるあいだに、映像データを少しでも確認しておこう。偉そうに言っても、自分も友川と変わらない臆病さだと、ひとりで苦笑してしまう。

日菜多はカケラ女に関するテキストファイルと同じフォルダーに収められている動画ファイルを再生してみた。

それは案の定、あの夜、日菜多がスマホで見たのと同じように、死んだ女性がカケラ女に寄生されて蘇生する様子を収めた映像だった。でも、不穏な気配は感じられない。おそらくフェイク映像だ。

次に別の動画ファイルを開いた。それもまた同じような映像で、そしてそれもおそらくフェイク映像のようだ。画質がよすぎたり、アングルがよすぎたりして、明らかに不自然だったりするのだ。

日菜多は順番に動画ファイルを再生していった。中にはカケラ女に寄生された女が復讐を果たす場面の映像もあったが、それも嘘っぽくて、作り物としか思えない。

そうやって見ていくうちに、だんだんと当初の恐怖心は薄れていった。大したことないじゃん。日菜多は机に頬杖をついて、テレビ番組でも観るようにリラックスしながら映像を確認し続けた。

数時間経ったとき、友川が編集機の電源を落として立ち上がった。

「じゃあ、俺はそろそろ行くわ」

「え？　どこに？」

思わず、小さな子供がいきなり留守番させられそうになったときのような不安げな声が出てしまった。

「新橋で帰宅途中のサラリーマンに『やり甲斐』について街頭インタビューをするのを手伝ってくれって、馴染みのディレクターから頼まれちゃってさ。俺がいなくなって寂しいだろうけど、我慢してくれよな」

「はあ？　誰も寂しいなんて言ってないし」

「素直になれよ。じゃあな」

恰好をつけて言うと、友川は機材の入ったバッグを肩に担いで事務所を出て行ってしまった。

ずっとひとりだったらそうでもなかったのに、とたんに心細くなった。しかも、もう窓の外は暗くなってきていた。

「でも平気。お化けなんていいるわけないんだから」

自分を励ますように言って、日菜多はまたパソコンに向かった。

カケラ女のフォルダーの中には動画ファイルがまだまだ大量にあったが、一度に何個も見るのはたとえフェイク動画だと思っていてもきつい。とりあえず、残りの動画はあと回しにして、他のフォルダーを開いてみた。

そのとたん、また背中がゾワゾワするような感覚があった。だが、今度はそれほど大量のファイルが収められていたわけではない。ただ、その中にひとつだけ、文字化けしていないファイルがあった。そして、そのファイルには『美雪』というタイトルが書かれていたのだった。

「……美雪って、あの美雪さん？」

日菜多は不安な心を落ち着けようと、首から吊したパワーストーンを握り締めた。ほんのりと温かく感じられた。全身が心地好く痺れ、魔除けの効果か、勇気が湧いてくる。

美雪の話は、子供の頃に酔っ払って帰ってきた亮次から少しだけ聞いたことがあった。日菜多の母——比呂子を苦しめた不思議な力を持った女……。

小学生のとき、クラスの友だちが母親に関する愚痴を言い合っていた。勉強しろとうるさい。怒ってばかり。親戚から顔が似てると言われるのがすごくいやだ、などと言いながらも、母親に対しての愛情が滲み出ていた。

でも、日菜多には母親の記憶がなにもなかった。母親のことが知りたくてたまらなくなった日菜多は、夜遅くお酒を飲んで帰ってきた亮次に訊ねた。

「ねえ、お母さんってどんな人だったの？」

「そうだな。強い人だったよ。負けず嫌いで、どんなことにも一生懸命で、でもすごく優しくて、それに、とにかく可愛かった」

亮次は目を細めて、比呂子の魅力を語り続ける。

「ふ～ん。そんなお母さんとどうしてお父さんが結婚できたの？」

「どうして？　って質問はひどいな。でも、まあそうだな。あんなことがなかったら、比呂子は俺のことを好きになってくれなかっただろうな。美雪って女の人がいてさ。彼女は不思議な力を持った女だったんだ。生き霊になって比呂子を苦しめるような女で――」

とそこまで話したところで、亮次は急に我に返ったように黙り込んだ。

「生き霊ってなに？　幽霊みたいなもの？」

日菜多は亮次に話の続きを催促した。でも、亮次は曖昧にごまかしてしまう。

「あ……ああ……。どうだったかな？　お父さん、忘れちゃったな」

「嘘。今、生き霊って言ったじゃない。ねえ、美雪さんってどんな人だったの？　お母さんとのあいだになにがあったの?」

しつこく訊ねても、亮次はそれ以上話すことはなかった。

あのときの父の顔は今でもはっきりと覚えている。いっぺんに酔いが覚めたように顔から表情が消えていた。顔色は青ざめ、明らかに怯えていた。

いつも亮次がしてくれたオカルト話とは違う。子供心にも、気軽に話してはいけないことなのだと感じた日菜多は、それから一度も美雪について訊ねたことはなかった。

そして美雪という名前は、いつしか記憶の奥底に押し込まれ、上に重い蓋を載せられていたのだ。その蓋が今、いきなり跳ね上げられた。

暗い穴の底をのぞき込むようにパソコンの画面をじっと見つめたまま、日菜多は画面上にカーソルをぐるぐると移動させた。

いきなり画像や動画を観る勇気はない。それでも逃げるわけにはいかない。テキストデータの上でカーソルを止め、意を決してダブルクリックした。

文章データが開く。

そこには美雪についての出来事が、詳しく書かれていた。日菜多はそれを読み始めた。

日菜多の母――比呂子はビデオカメラマンになる前に勤めていた会社の上司の男性、伊原直人にほのかな恋心を抱いていた。だが、直人は既婚者であったために、ただ心の中で思うだけに留めていた。直人も比呂子に好意を抱いていた。そちらもまた、心の中で思うだけだ。

それでも直人の妻、美雪は夫の気持ちが自分以外の女性に向けられていることに気づいていた。もともと美雪は不思議な力を持った女だった。子供の頃にはその力を爆発させて、自分をいじめていた同級生たちをひどい目に遭わせたりしたこともあったらしい。

そのことを誰よりも悔やんでいたのは美雪本人だった。だから、自分の不思議な力を心の奥底に抑え込み、誰も憎まず、誰も妬まないだけでなく、自分の感情を極力表に出さないようにして生きてきた。

なのに、生まれたばかりの美雪の子供――春翔は母の心の奥にしまい込まれた憎しみと嫉妬を感じ取り、その感情を勝手に増幅して比呂子にぶつけてしまったのだ。

異常な現象に襲われた比呂子は、美雪の生き霊に苦しめられていると主張するが、そんなことは誰も信じてくれない。それどころか、心を病んでいるとして精神病院に強制入院させられてしまう。

一年間にわたる入院とその後の長い引きこもり生活を経て、比呂子はそれまでの自分の弱さを克服して強く生きようと決意。フリーのビデオカメラマンとして危険な取材の場に身を置くようになる。

その頃、フリーのディレクターとしてテレビ番組を作っていた柏原亮次は比呂子と出会い、そのまっすぐなところに惹かれる。

そんな比呂子のまわりに、また異常な出来事が起こり始めた。

それは五年前に美雪の生き霊に苦しめられたときと同じように思えた。しかし、憎悪のレベルは桁違いだ。五年前とは違い、何人もの人が死ぬ。そして、本気で比呂子を殺そうとしているのを感じた。

自分を苦しめているのは美雪の生き霊ではないのかと思って比呂子が調べてみると、美雪は交通事故に遭ってすでに死んでいた。

いったいなにが起こっているのか確かめようとした比呂子が直人の家を訪ね、禍々しい気配を漂わせている異様な庭を撮影する。後で確認すると、庭の土の中からじっとこちらを睨みつけている美雪の目が映像に収められていた。

後にわかったことによると、春翔が亡くなった母の指を庭に埋め、復活を願って毎日呪文を唱えていた。すると土の中で美雪が指から生えてきたというのだ。

その後、完全に生き返った美雪は嫉妬と憎悪の化け物となって比呂子を殺そうとしたが、結局最後は美雪も春翔も滅びることになった。

それが今から二十年ほど前の出来事だ。

テキストデータを読み終えた日菜多は、妙な既視感を覚えた。不意に頭の中で、今読んだ内容とカケラ女の都市伝説が結びついた。カケラ女は美雪に起こった異常な出来事の続きなのだ。

もしもカケラ女の都市伝説が現実だとしたら、日菜多の母である比呂子を呪い、苦しめた美雪がカケラになって、まだこの世をさまよっているということになる。

でも、もう二十年ものあいだ、日菜多たちのまわりでは特に異常な出来事はなにもなかったのだ。カケラ女は恨みを残して死んだ女に寄生するということだから、美雪自身の恨みの念は関係ないのではないか？

それなのに、亮次は今になって、なぜカケラ女について調べていたのだろう？

知りたい……。亮次がいったいなにを調べていたのか、もっと詳しく知りたい。

日菜多はテキストファイルを閉じて、もう一度、アイコンがいくつも並んだ画面上にカーソルをさまよわせた。

さっきは絶対に見たくないと思った動画ファイルの上にカーソルを止めた。その瞬間、うなじの辺りがチリチリするような感覚があった。

ファイル名はやはり文字化けしているが、なんだかよくないもののように感じる。

それでも日菜多は、なにかに導かれるように微かに震える指でマウスをダブルクリックした。

そのとたん、画面が真っ暗になった。一瞬、電源が落ちたのかと思ったが、暗い画面の中になにかがぼんやりと映っている。フルスクリーンで映像が表示されているのだ。

不意に画面が少しだけ明るくなった。ビデオカメラを操作して、明度を上げたらしい。それでも暗いことに変わりはないが、なにが映っているのか辛うじてわかる。

それはどうやら民家の庭のようだ。ゴミが散乱した庭の向こうにはコンクリートの壁が高く聳えているため、おそらく一日中、日が当たらないのだろう。じっとりと湿った土の様子が、ただ見るだけで伝わってくる。

その庭の隅のほうが大きく盛り上がっている。これはひょっとして比呂子が撮影したという、美雪が埋まっている庭の映像なのではないか？

そう思ったとき、カメラが小山を限界までズームアップしていく。画面いっぱいに黒い土が映し出される。なにかが起こりそうな予感があり、日菜多は息を殺してそれを見つめ続けた。

不意に小山が微かに動き、土が少し崩れる。と、その下に埋まっているものの一部が姿を見せた。デジタルズームでさらにその部分が拡大されていく。

ただ、画面が暗いし、デジタルズームのせいで画像の粒子が粗くなってしまう。そのとき、ワイパーをかけたように上からさーっとノイズが消えて画像がなめらかになった。なんらかの画像処理が施されたようだ。

土の下に埋まったものがキラリと光る。日菜多は「ひっ」と短く息を呑んだ。それは目だ。そう、美雪の目——。

やはりさっきテキストデータで読んだ、美雪が土の下で再生したというその様子を比呂子が撮影した映像だ。

土の中から美雪が、じっとこちらを睨みつけている。それはカメラのレンズを？　撮影している比呂子を？　いや、パソコンのこちら側にいる日菜多を睨みつけている。

本物と思しきカケラ女の動画を初めて観たときと同じように、目が合っているのがわかる。

金縛りにあったように、日菜多の身体は動かない。目も動かせない。瞬きさえもできない。ただじっと見つめ返すしかない。

瘧にかかったように全身が震えてしまう。それと連動するように、ガタガタと音を立てて部屋中のものが揺れ始めた。地震ではない。まるで地団駄を踏むように不機嫌そうに部屋中のものが上下に揺れ、大きな音が響き渡る。その中で、日菜多のデスクだけはまったく動かない。

パソコン画面の中の目がじっとこちらを睨んでいる。その眼球に、怯えた日菜多の顔が映っている。

やめて！　私を見ないで！

日菜多は心の中で叫んだ。その瞬間、けたたましい笑い声が耳の奥に直接響いた。胸元になにかが突き刺さるような衝撃を受けて、日菜多は椅子ごと後ろに吹っ飛ばされた。

床に背中を強く打ち付けて、日菜多は呻きながら身体を丸めた。そのとき、身体に自由が戻ってきていることに気がついた。

ゆっくりと上体を起こすと、暴れ回っていた部屋の中のものすべてが平穏を取り戻し、パソコンの冷却ファンの音が聞こえるぐらいの静寂が部屋の中に詰まっていた。

日菜多は呆然としながら、何気なく胸に手をやった。首から下げたペンダント――パワーストーンが熱くなっていた。それをぎゅっと握り締めて目を閉じた。心が落ち着いていく。

麻耶がくれた魔除けのパワーストーンが守ってくれた……。

日菜多はほっと息を吐いた。

でも、今のはなんだったのか？　明らかに普通の映像ではなかった。デジタルデータとして記録されたものというよりは、まるで生きてそこにいるように感じた。

そして、その目と日菜多は見つめ合ったのだ。

日菜多はゆっくりと立ち上がり、おそるおそるパソコン画面をのぞき込んだ。動画の再生は終わり、画面はファイルが大量に並んでいる状態に戻っていた。

「おい」

背後から声をかけられて日菜多は身体を硬直させた。

そのまま身体全体でゆっくりと振り返る。そこにはさっき街頭インタビューを撮るために出て行ったはずの友川が、汗をびっしょりかいて立っていた。

日菜多は言葉を発することもできずに友川をじっと見つめた。

「どうした？　なにかあったのか？」

日菜多の様子がおかしいことに気づいた友川が訊ねた。とっさに日菜多は「別になにも」とごまかしてしまう。

「友川さんこそ、どうして戻ってきたの？」

日菜多が問いかけに答えずに逆に訊ねると、友川は少し不満そうな顔をしたが、結局、額の汗を手の甲で拭いながら答えた。

「なんか、変な爺さんが事務所の前をうろついててさ。挙動不審だったから声をかけたらいきなり逃げ出したから走って追いかけたんだけど、すげえ足が速えの。全然、追いつけなくてさ」

「それって、こないだ私が見た男の人かも」

「じゃあ、やっぱりあの日、ドアのところで誰かが盗み聞きしてるって日菜多が感じたのは気のせいじゃなかったのか」

ビルの前の道路から事務所の窓を見上げていた白髪の男の姿が頭に蘇る。

「でも、なんのためにこの事務所の様子を窺ってるのかな？」

「柏原さんの取材データを狙ってるとか？」

「取材データって言ったたって……」

ジャーナリストが社会の不正を暴こうとしていたり、芸能人のスキャンダルを取材していたというならまだわかるが、亮次が取材していたのは都市伝説や怪奇現象なのだ。その取材データを奪おうとする人がいるとは思えない。

同業者であれば、欲しいデータかもしれないが、果たして事務所のまわりをうろついて様子を窺ったりまでするだろうか？

でも、ひょっとしたらさっきの映像と関係あるのかもしれない。盛り上がった土の中からのぞく目が瞬きした。思い出しただけで、また身体が震えてきた。

日菜多はほとんど無意識のうちにペンダントを握り締めていた。それはまるで生きているかのように温かくて、日菜多の心を落ち着かせてくれる。

「おい、日菜多。いったいここでなにをやってたんだよ。土まみれじゃねえか。これ、大事なデータが入ってるんじゃねえのか」

友川があきれたように言った。驚いてそちらを見ると、友川はノートパソコンをのぞき込んでいた。

キーボードが本当に土まみれになっていた。さっき、モニターに映っていた小山が崩れた。あのとき、モニターの外にまで土がこぼれ出たのだ。

信じられないことだが、そうとしか思えない。

「そう言えば、柏原さんが亡くなったときも、パソコンが土まみれになってたんだよな」

友川が不思議そうに言った。日菜多の全身がざっと粟立った。

「ちょっとどいて！」

日菜多は友川を押しのけてノートパソコンを持ち上げ、土を払い落とした。それは湿った黒い土だった。

8

日菜多はバイクを走らせていた。数十分前から、もう道の両側はずっと森が続いている。伊原直人の家は都心からかなり離れた場所にあった。

もともとは都心のマンションに住んでいたが、妻と息子を広い家に住ませてあげたくて郊外に家を建て、そこから毎日、片道一時間半かけて仕事に通っていたそうだ。そんな思いをして建てた家だったのに、二十年前に惨劇の舞台になってしまった。

日菜多はその家に向かっていた。

湿った熱い風がシャツをはためかせる。まるで巨大なドライヤーの風を全身に浴びているかのようだ。それなのに身体が震えてしまう。もちろん寒いわけではない。生物に先天的に備わっている危険を察知する能力が、日菜多を怯えさせているのだ。

それでも日菜多はなにかにたぐり寄せられるようにして、バイクを走らせてそこに向かっていく。

細い坂道の両側には木が鬱蒼と茂っていて、大きな怪物の手のように枝がこちらに伸びてくる。

デジャブというやつだろうか。初めて来る場所だったが、以前にもこの道を通ったことがあるように感じた。でも、懐かしさはない。まるで恐ろしすぎて忘れてしまっている悪夢の中で訪れた場所のようだ。

それでも日菜多はさらにスピードを上げて坂道を上り続ける。目的地はもうすぐそこのはずだ。

そのとき、ふわっと身体が浮き、バイクが軽くジャンプした。森の中の坂道が終わり、目の前が一気に開けた。

不思議な光景だった。そこには真夏の日差しを眩しいほどに浴びた新興住宅地が広がっていた。いきなり現れたその光景に、日菜多はまるで隠れ里に出くわしたような印象を受けた。

日菜多はバイクを路肩に停めて、ヘルメットを脱いだ。

頭を振り、汗に濡れた髪を掻き上げて、遠くを眺めた。確か、山を切り崩して造成したこの住宅地の一番奥、森の手前にその家はあるはずだ。

ナビで確認して、そちらに目を凝らす。

「あれだ」

一目見てわかった。ありふれた見た目の家が斜面にびっしりと建ち並んでいる中にあって、それだけは黒焦げになった無残な姿を晒していた。

「あれが伊原直人さんの家……」

そして、美雪の家であり、春翔の家でもある。

明らかに異質だ。

しかも、その家の禍々しさが伝染したかのように、周囲の家も色を失い、影のようにくすんでしまっている。まるで身体の一部分が壊死し、その影響で他の部分まで腐っていくのに似ている。

「えっ？」

不意に、背後になにかの気配を感じた。反射的に振り返るが、そこには誰もいない。それでもやはり、誰かに見られている気がする。

日菜多は辺りを見回した。健全な家が建ち並んでいる。平和で平凡な眺めだ。特に誰かが窓を細く開けてこちらの様子を窺っているということもなさそうだ。

「気のせいか……」

直人たちの家の異様な姿を目にしたために、気持ちが昂ぶっているだけだろう。

日菜多はもう一度、無残な家の残骸のほうを向いた。

その家が放つ禍々しい気配に、日菜多は怖じ気づきそうになった。このままUターンして帰ってしまいたいという思いが強くなるが、そんなことはできない。

日菜多はもう一度ヘルメットをかぶってバイクに跨がり、エンジンをかけた。


昨夜、土の中からのぞく目の映像を見た日菜多は、もうパソコンを開くことさえ怖かった。なのに、中身が気になって仕方ない。まるで薬物依存症の患者が禁断症状を起こしたようにそわそわしてしまう。

結局、日菜多はデスクの前に座り、亮次のパソコンを開いた。

庭の映像が収められていたフォルダーには、他にも大量の動画ファイルがあった。やはりそれもすべて文字化けしているために、ひとつひとつ確認していく。

そして『伊原直人インタビュー』というタイトルが画面に現れたとき、これを捜していたのだ、と日菜多は思った。

亮次は美雪の夫である伊原直人にまで取材をしていたらしい。概要をまとめたテキストファイルを読んで、すでにあの忌まわしい出来事の全体像を知っている日菜多は、その中心人物へ亮次がインタビューしていたことに驚いた。撮影の日付は一年ほど前だ。その頃からもう亮次はカケラ女について調べ始めていたようだ。

伊原直人とはどんな男なのだろう？　日菜多は興味を覚え、画面をじっと見つめた。

「えっ……これって……」

男の姿が映し出された瞬間、日菜多は思わず息を呑んだ。これが本当に伊原直人なのだろうか？　動画ファイルのタイトルが間違っているのではないかと思った。だが、画面のこちらから亮次の声が「伊原さん」と呼びかけているので、間違いではないようだ。

画面に大写しになった直人は病的に痩せていた。もう骸骨に皮がついている程度だ。落ちくぼんだ目、こけた頬、染みだらけの顔。まだ五十代のはずなのに、見た目は百歳を超えた老人――いや、ミイラのようだ。

しかも、その背景は半分焼け落ちた家だ。なのにそのスペースにはカップラーメンの容器や空のペットボトルがいくつも転がっていたりして生活感がある。直人は二十年前に落雷が原因で火事になった家の、焼け残った部分で生活しているようだ。

そんな直人の中では、あの異常な出来事はまだ終わっていなかったのだ。

直人にインタビューする亮次の声が入っている。

「伊原さん、当事者のあなたから本当のことを聞かせてもらいたいんです。あのとき、いったいなにがあったんですか?」

それに応えて、直人はかすれた声で、ぽつりぽつりと話し始めた。

「ちぎれたしっぽからトカゲが生えてくるなんて、俺が春翔にあんな嘘さえつかなければ……」

過去の経緯を考えたら、よく取材を受けてくれたものだと驚いたが、そうすることが贖罪の行為だと直人は思っているようだ。誠実に、嚙みしめるように、異常な出来事を話し続ける。

その話の内容は、最初に見つけた美雪に関するテキストファイルとほとんど同じだ。ただ、そこに書かれていない話もあった。

「――そして俺は春翔を庭の片隅に埋めたんだ。あの子を蘇らせたくて、毎日呪文を唱え続けた。でも結局、春翔は生き返らなかった。俺にはそんな力なんかなかったんだ。だから春翔は、今もあそこに埋まったままだ」

直人が虚ろな視線を横に向けた。その視線の先を追うように、画面が横に移動した。そこは荒れ果てた庭だった。

ゴミのようなものなどを貼り合わせて作られた高いフェンスに囲まれた庭の片隅に、まるでペットの墓のように小さな土の盛り上がりがある。そこにカメラがズームアップする。

二十年前に春翔の肉片がそこに埋められて、今もそこに埋まっている……。だが花は供えられていない。その土の盛り上がりは、あくまでも春翔を異界から呼び戻すための魔法陣であって、墓ではないからだ。

カメラは再び直人に向けられた。画面のこちら側から亮次が問いかける。

「伊原さんはカケラ女の都市伝説をご存じですか？」

直人は落ちくぼんだ目を不思議そうにカメラに向けた。

「なんですか、それは？」

「カケラ女というのは十数年前から語られ始めた都市伝説で――」

亮次がカケラ女の都市伝説について説明すると、みるみる直人の表情が変わっていく。それまで感情が死んだような顔をしていたのが、そこに苦渋と悲しみと絶望が入り交じった表情が浮かび上がる。

「まさかそのカケラ女というのは……？」

「美雪さんじゃないかと僕は思っているんです」

「そ……そんなことが……美雪はカケラになって、まだ苦しんでいるというのか？」

直人の身体が小刻みに震え始めた。奥歯を噛みしめ、奇妙な呻き声をもらす。

「伊原さん、大丈夫ですか？」

亮次の戸惑いの声が画面の外から聞こえる。

「もしもカケラ女が本当に美雪なのだとしたら、俺は……俺はどうすればいいんだ？彼女を救う方法を教えてくれ！」

直人が興奮し、カメラのほうに身を乗り出す。テーブル越しに亮次の胸ぐらを両手でつかんで揺さぶっているようだ。

画面が激しく揺れ、亮次の苦しそうな声が聞こえる。

「落ち着いてください！　伊原さん！　落ち着いて！」

「教えてくれ！　俺が美雪を救ってやらなければいけないんだ！」

カメラが床に落ち、そのまま画面がブラックアウトした。

それ以上撮影を続けるのは困難な状態だったのか、インタビュー映像はそこで終わっていた。

動画を見終わった日菜多は、胸の奥が騒ぐのを感じた。なにかが自分の中で暴れていた。日菜多は胸に手を当てて、ゆっくりと呼吸を繰り返した。徐々に気持ちが落ち着いてきた。

それでもまだ頭の中が混乱していて、なにも考えられない。日菜多はただ虚空を見つめ続けた。

「おい、大丈夫か？」

声が聞こえてハッとした。そちらを見ると、友川がニヤニヤ笑いながら編集機の前に座るところだった。

「え？　なにが？」

「いや。目を開けたまま寝てるからさ。さっきから声をかけてるのに全然反応しねぇし」

「今何時？」

「もうすぐ昼だぜ。しっかりしろよ。おい、どうしたんだよ？　どこへ行くんだよ？」

そう言う友川の声が遠くで聞こえたように感じた。

気がつくと、日菜多はもうバイクを走らせていた。目的地は決まっている。直人の家だ。


そして、日菜多はここまでやってきたのだった。

辿り着いたその場所は、想像よりもさらにひどい状態だった。

廃墟のような家の前に立ち、日菜多はなぜだか涙を流した。

「ああ、なんてことなの……。ひどい……ひどすぎる……」

玄関のドアは閉まっていたが、その横の壁が焼け落ちていて、そこから出入りが可能だった。涙を拭うこともせずに、日菜多は家の奥へと足を踏み入れた。

「ごめんください。伊原さん、いらっしゃいますか？」

日菜多は焼け残った家の中に向かって、一応声をかけてみた。

返事はない。ただ裏の山からセミの声がうるさいほどに聞こえてくるだけだ。

それは当たり前のことのように思えた。ここは人が暮らせるような場所ではない。

だが、直人はここにいるはずなのだ。

「上がらせてもらいますよ」

外も中も違いはない。もともと廊下だったところは泥まみれで、ゴミが散らかり、申し訳ない気がしたが、日菜多は靴を履いたまま家の中に入った。

屋根がないために雨ざらしになって腐ってしまっている床板を踏み抜かないように気をつけて廊下を進み、突き当たりにあるドアを開けた。リビングのようだ。

その光景には見覚えがある。亮次がインタビューしていた場所だ。

そこはこの廃墟の中で、辛うじて人が暮らせるような状態のスペースだ。現にそこで直人は寝起きしていたのだろう。ベッドが置かれていた。

映像の中で直人が座っていたダイニングチェアがあるが、今はそこに直人は座っていない。

そして、映像の中で直人が視線を向けた方向に、日菜多も視線を向けてみた。そこにはゴミを貼り合わせて作った、異常に高い塀に囲まれた庭があった。

映像の中では黒い土肌を剥き出しにしていた庭は、今は雑草が生い茂っている。

庭の片隅にこんもりと盛り上がっていた場所——春翔が埋められている辺りも、完全に雑草に覆い尽くされていた。

それぐらい長い時間放置されていたということだ。

「ああ……かわいそうに……」

そこに埋まっている春翔のことを思うと胸の奥が熱くなり、また涙が溢れてきた。ひとしきり泣くと、日菜多は後ろを振り返った。

「……直人さん。直人さんはどこにいるの？」

日菜多はうわごとのようにつぶやきながら家の焼け残った部分を捜したが、直人の姿はどこにもなかった。

どこかに出かけているのだろうか？

日菜多はいったん家から出て誰かに直人のことを訊ねようとしたが、まわりの家はどれも空き家のようだった。汚れ具合、寂れ具合から、それらは誰も住まなくなって何年も経っているようだ。

まるで禍々しい病原菌を恐れるように、みんな逃げ去ったのだろう。

それでも誰かに訊ねるしかない。

坂道を下りていき、日菜多は直人の家から少し離れたところで、玄関前を掃除している六十代ぐらいの女を見つけ、「すみません」と声をかけた。

女は日菜多を見て好意的な笑みを浮かべた。

「はい、なにかしら？」

「あの家のご主人は今どうされているか、ご存じではないですか？」

そう言って日菜多は直人の家を指さした。そして、再び女のほうを振り返ると、女はさっきとは別人のように険しい顔をしていた。

「あの家の人とどういう関係なのかは知らないけど、この辺の人はみんな、あの男がいなくなってせいせいしているのよ。あんな気味の悪い家、さっさと取り壊して更地にしちゃえばいいのよ」

それだけ言うと、さっさと家に入ってドアを力いっぱい閉めてしまった。

そのあまりの剣幕に呆然と立ち尽くしていると、背後から声が聞こえた。

「ちょっと、あんた」

日菜多が振り返ると、少し離れた家の門の陰から、中年の女が「こっち、こっち」というふうに手招きをしていた。

その手招きにたぐり寄せられるようにして、日菜多は女のところまで行った。

「……なにか?」

女は「シッ」と自分の唇に人差し指を当て、誰かに聞かれたら困るといったふうに小声で言った。

「あんた、さっき、あの家から出てきたでしょ。あの男の知り合い?」

女は直人の家を顎で示して、気味の悪い生き物でも見たように顔をしかめた。日菜多は女の質問には答えずに小声で訊ねる。

「あの家の方をご存じですか？」

「ご存じなんてもんじゃないよ。あたしはこの住宅地ができた頃から、二十年以上も住んでるんだ。あんな気味の悪い男をほったらかしにしてて、もしもなにかあったら大変だから、ずっと監視してたんだよ。だからあの男が家から運び出されていったときもちゃんと見てたんだ」

「じゃあ、直人さんがどこにいるかご存じですか？」

「ああ、知ってるよ。あの男は入院中だよ」

「入院？　病名はなんなんですか？」

「原因不明だってさ。あんな家にずっと住んでたから、悪いものに魂を吸い取られたんだろうね。最後に見たときは、もうほとんどミイラみたいになってたよ。その病院で私の知り合いが看護師をやってるから教えてくれたけど、今はもうずっと意識不明だってことだよ。あとは死ぬだけさ。もう戻ってこられないだろうから安心だよ。で、あんたはあの男とどういう関係なの？」

「私は……私は……」

日菜多はなぜだかうまく答えることができない。言い淀む日菜多を、女はやはり気味悪そうに見つめた。

## 9

噂話好きの中年の女に病院名を教えてもらった。

居場所がわかるともう居ても立ってもいられなくなり、日菜多はすぐにバイクに飛び乗って直人が入院しているという病院へ駆けつけた。

もうすでに日が暮れていたが、面会時間にはなんとか間に合った。

日菜多が受付で伊原直人の名前を言って「面会したい」と伝えると、相手は不思議そうな顔をした。

「どうかしましたか？」

日菜多が訊ねると、受付の女は慌てた様子で答えた。

「あっ、いえ。あの人の面会に来られた方は初めてだったもので。で、伊原さんとのご関係は？」

「あの……私、直人さんの姪です。ずっと留学していたので、叔父さんが入院していることも知らなくて」

さっき直人の家の近所の人に訊ねられたとき、なぜだかうまく関係を答えられなかった。だから病院まで来る途中に、もしも関係を訊かれたらどう言おうかといろいろ考えて、その中で一番無難そうなものを選んだのだった。

「ああ、姪御さんなんですね。少々お待ちください」

少し安心したように言うと、受付の女は内線電話をかけた。

「今、担当の看護師がきますので、少々お待ちください。彼女はターミナルケアのベテランだから安心してくださいね」

「ターミナルケア？」

「あ、すみません」

女は申し訳なさそうに言って顔を伏せた。治療をしても効果はない。直人はもう長くないということだろうか。

礼を言って廊下に置かれた長椅子に座って待っていると、目の前に白衣を着た女性が立った。

「伊原さんのご面会の方ですね。私は伊原さんの担当をさせていただいている長谷川由香です」

由香は年齢は五十代後半ぐらいだろうか。上品な佇まいで、彼女には不思議と安心感を与えてくれる温かさがあった。

日菜多は慌てて立ち上がり、挨拶をした。

「柏原日菜多です。伊原直人さんの姪です」

そう自己紹介したとき、由香の口角が少し上がったように見えた。由香はまるで日菜多の心の奥までのぞき見てしまいそうな漆黒の瞳をしている。

嘘を見抜かれているような気がしていたたまれない気持ちになったが、由香は優しく言うだけだった。

「そうですか。叔父さんのお見舞いにいらっしゃったのね。こんな可愛い姪御さんがきてくれて、きっと伊原さんもよろこぶわ。さあ、こちらへどうぞ」

由香に連れて行かれた病室は、四階建ての病棟の最上階の長い廊下をずっと歩いた一番奥にあった。

まるであの家と同じような印象を持った。災いごとを避けるように、みんなが距離を取り、直人を遠ざけている。もちろん気のせいに違いない。

「どうぞ。伊原さんに声をかけてあげてください」

由香がドアを開けて、中に入るようにと日菜多を促す。

病室内は明かりが点いているのに、なんだか薄暗く感じる。不吉な気配が充満していて一瞬躊躇ったが、直人に会うためにここまで来たのだ。

意を決して病室の中に足を踏み入れ、ベッドに横になっている直人を見た日菜多は短く声をもらした。亮次のインタビュー映像で見たときもかなりやつれた感じだったが、それとも比べものにならないほど直人はひどい状態だった。

まるで骸骨のように痩せ、顔色は悪く、死斑のような染みが顔中にできている。おまけに枯れ枝のような腕には、片方には点滴のチューブがつながれ、もう一方の腕にはモニター機器から伸びるコードが取り付けられている。

その機械に表示される数値が常に変化していて、そのことが唯一直人がまだ生きているように見える点だった。もしもそれがなければ、衰弱死した死体にしか見えなかったことだろう。

「あぁ……直人さん……」

意識もなく横たわる直人を見たとたん、日菜多の両目から涙が溢れ出て頬を伝い、リノリウムの床にポタポタと滴り落ちた。

「ああ……あああ……」

日菜多は慟哭する。見舞客のそんな反応には慣れているのか、由香は優しい笑みを浮かべたまま直人の病状について説明してくれた。

由香の話によると、直人は半年ほど前から意識がない。病名は特になく、強いて言えば老衰といった状態で、身体は衰弱していて、余命は限りなく少ないということだった。

「でも、こんなになっても、伊原さんには生き続けなければいけない理由があるようなんです。それは心残りとかいったレベルの話ではなく、なにかやり残したことがあるんでしょうね。そうでしょ、伊原さん」

そう言って、掛け布団の上から由香は直人の胸の辺りにそっと手を置いた。それでももちろん直人は死体のように横たわっているだけで、まったく反応を示さない。

ひとしきり泣くと、日菜多はふっと身体が軽くなったように感じた。それと同時に、どうしてこんなに必死になってこの人を捜してたんだろうと不思議な気持ちになった。

そして、直人に会って美雪について訊ねたかったのだ、と思い出した。かつて生き返った美雪について、直人だけが知っていることを。

でも、この調子だと話を聞くのは不可能だ。

「あっ、そうだ。これ、活けさせてもらっていいですか」

日菜多はお見舞いの花束を持ってきていたことを思い出し、それを掲げながら由香に訊ねた。

「きれいなお花ね。伊原さんもよろこぶわ。花瓶はそこに」

由香が視線を病室の隅に向けた。そこには空の花瓶があった。誰も見舞いに来ないこの部屋に、花が飾られたことは一度もなかったのだろう。

ひょっとしたら、この男も被害者なのかもしれない。あの異常な出来事の……。

## 10

胸の奥がざわざわする。長谷川由香は今までに担当した患者が亡くなるときに、似たような感覚を覚えたことが何度もあった。

なにかよくないことが起こっていると感じた由香は、ナースステーションを飛び出して直人の病室へ駆けつけた。

「伊原さん、どうかしましたか？」

意識がないのはわかっていたが、一応声をかけてからドアを開けた由香は、そのまま身体が硬直してしまった。

薄暗い病室の中、ベッドに横たわった直人をのぞき込むようにして誰かが立っていた。濡れた長い黒髪と、なにも衣服を身につけていない後ろ姿は女のようだが、なにかが変だ。

まるで埋葬されていた死体が土の中から這い出してきたかのようにところどころ泥をまとったその身体は、普通の人間のものとは微妙に違う。

その〝女〟は直人の頬を撫でながら、弱々しいかすれた声でなにかをつぶやいている。耳を澄ますと、辛うじて聞き取れた。

「愛してるわ。あなたを愛してる……」

「……誰？　そこでなにをしてるの？」

由香が声をかけると、女はゆっくりと振り返った。

艶やかな長い黒髪の下からのぞく顔は、ハッと息を呑むほど美しい。透明な粘液にまみれた白い肌は生まれたての赤ん坊のようになめらかで、切れ長の瞳は氷でできているかのようにキラキラと輝いている。

でも、どこか変だ。まるでＡＩが想像で描いた人間の顔のように、不気味な違和感が拭えない。

由香は看護師になってから、ずっと終末期医療専門に働いてきた。今までに千人以上の人を看取ってきたし、肉体的な損傷がひどい患者も大勢見てきたので、少々のことでは動じない自信があった。

それでも目の前の女に見つめられると、背中に冷たい水を流し込まれたようにゾッとしてしまう。

女は色のない唇を微かに動かし、由香に向かってつぶやく。

「私の夫を盗らないで……」

窓ガラスやドアが地震のときのようにガタガタ鳴り、窓は閉まっているのに病室の中に風が吹き荒れる。

「そうなのね。それが心配なのね」

目の前にいる女に、ある意味、人間らしい感情があるということがわかり、由香は少し心に余裕ができた。

「大丈夫よ、安心して。私はあなたのご主人を奪ったりしないわ。私は看護師よ。伊原さんのお世話をしているの」

由香は笑みを浮かべながら優しく女を宥める。言葉が理解できているのかどうなのか、女は小首を傾げた。その拍子になにか雫のようなものがぽたりと床に落ちた。

そのとき、由香は気がついた。女の身体が粘液にまみれていると思ったのは間違いで、女の身体自体が溶け出しているのだ。いや、腐りつつあると言っていいかもしれない。

さっきは生まれたての赤ん坊のようにきれいだった肌が、紫色に変色し、身体の内側にガスが溜まり、肉体が醜く変貌していく。気がつくと異臭が病室の中に充満していた。

怪我や病気が原因で異臭を放つ患者もいる。その患者の前でいやそうな顔をすることは許されない。長年培ってきた看護師としてのプライドだ。

由香は表情は変えないで、もう一度言った。

「私はあなたの大切な人を奪ったりしない。ただ、お世話をしているだけ。私は看護師よ。だから安心して」

そう繰り返し囁きかけていると、吹き荒れていた風が収まり、病室に相応しい静寂が戻ってきた。

女は醜い顔に優しい表情を浮かべ、そのますーっと消えた。ただ、女が立っていた辺りだけ、腐敗臭を漂わせる液体で濡れていた。

今のはいったいなんだったのか？　私の夫と言っていたから、伊原直人の妻か？　だとしてもどうしてあんな姿に？　でも、直人がこんな状態になってもまだ生き続けている理由は、ひょっとしたら彼女にあるのかもしれない。

「伊原さんはとんでもない人に愛されてるのね」

相変わらず意識不明でベッドに横たわっている直人に由香は声をかけた。だが、直人は相変わらず、死人のように横たわっているだけだ。

不意に視界の端でなにかが動いたような気がした。由香がそちらを見ると、窓際の小さなテーブルの上に花瓶に活けられた花があった。数時間前に、姪だと名乗る若い女性がお見舞いに持ってきた花だ。

さっきまで瑞々しく咲き誇っていたその花が、みるみる干からびていく。そして、何ヶ月もそのまま放置されていたかのように無残に枯れ、テーブルの上に落ちて腐り果ててしまった。

「どうしてこんなことに……。あの女の子が心配だわ」

由香は胸騒ぎを抑えることができなかった。

## 11

都心が近づくに連れて、車の数が増えてきた。それでももう深夜なので、車はスムーズに流れていく。

亮次の事務所に帰ろうと、日菜多はバイクを走らせていた。

高層ビルのあいだを走っていると、日常の中に帰ってきた気がして、日菜多は少しほっとする。

だが、さっきから身体が怠く、頭の中に靄がかかったように意識がはっきりしない。通り過ぎていく街灯の光がやけに滲んで見える。日菜多は何度も意識的に瞬きを繰り返した。

直人の家は都心からかなり離れた場所にあり、病院はさらに遠くにあったため、事務所までの往復はかなりの距離だ。行きと帰り、ずっとバイクを走らせていて、風を身体に受け続けて疲れていた。

確かにそれもあったが、身体の不調は長距離の運転のせいだけではないような気がする。

半分焼け落ちた無残な家や、ミイラのようになりながらもまだ必死に生にしがみついている直人の姿が目に焼き付き、日菜多の心を暗く落ち込ませていく。

美雪に関わった人は、みんな不幸になっていく。一年間も精神病院に強制入院させられた比呂子を始め、ミイラのようになって生き続けている直人。婚約を破棄されて今も独身の生活を送っている麻耶……。

日菜多が生まれる前に起こった悲劇が、今もまだ続いている。いや、また新しく起ころうとしている予感があった。

そのひとつが亮次の突然死だ。死因はくも膜下出血ということだったが、カケラ女——美雪について調べているときに、なんらかの強いストレスを受けたせいのように思えた。

それに日菜多自身も、ここ数日のあいだ、ずっとなにかにつきまとわれているような感覚があった。

そう。今も……。

不意に背後に気配を感じてサイドミラーに視線を向けると、なにかがさっと日菜多の身体の陰に隠れた、ように見えた。

まただ。最近、こんなことが何度もあった。いつもはそれっきりなのに、今は長い黒髪が風に靡いているのがミラーに微かに映っている。

タンデムシートに誰かが座っている！　と思うと、腰に腕が回された。

「え？」

ねっとりとした質感を伴った白い腕。そして、背中にもなにかが密着してくる。吐息がうなじの辺りにかかる。

「誰？」

　とっさにブレーキをかけようとしたが、レバーもペダルも硬くて動かない。アクセルを戻そうとしても、それも動かない。それどころか、バイクはさらにスピードを上げていく。

　前を走っていたタクシーに追突しそうになり、ギリギリのところで車線変更をして追い抜いた。

　無茶な運転に怒ったように、背後でクラクションが鳴らされる。その音もすぐに遠ざかっていった。

「誰？　あなた、誰なのッ？」

　大声で問いかけると、背中に押しつけられた身体が小刻みに震えるのが感じられた。笑っているのだと気づいたとき、耳の奥に笑い声が直接響いた。

《アハハハハ……》

　後ろに気を取られていると、前からなにかが迫ってくるのを感じてそちらを見た。

目の前に丁字路が迫ってきていた。正面はガードレールで、その先はコンクリートの壁だ。このスピードで曲がりきることは絶対に無理だ。

　自分なんか死んだほうがいい、危険なのが魅力的だからバイクに乗ってるんだ、なんて言っていたが、そんなものはただ恰好をつけていただけだ、と感じた。

「お母さん、ごめん！　やっぱり私、死にたくない！」

日菜多がそう叫んだ瞬間、腰に回されていた手が不意に外された。背中に押しつけられていた身体の感触もなくなった。とっさにブレーキをかけた。タイヤがロックして横滑りし、バイクは転倒した。

そのまま火花を散らしながらガードレールへと突っ込んでいく。ぶつかる寸前で日菜多はハンドルを放し、アスファルトの上を転がった。

その直後、バイクはガードレールを突き破り、その向こうのコンクリートの壁に当たって大破した。

## 12

事故処理を終えて警察から解放された日菜多が事務所に帰り着いたのは、もう夜明けが迫っている頃だった。

ドアノブに手を伸ばすと、その向こうに人の気配がした。さっきあんなことがあったばかりだ。いやな予感がしたが、開けないわけにはいかない。

ゆっくりとドアを開けると、ソファーに座ってタブレットを見ていた友川が勢いよくこちらを振り向いて、顔をパッと明るくした。

「日菜多！　おまえ、どこに行ってんだよ？　俺が声をかけてるのに無言で出て行くから心配したじゃねえかよ」

怒っているのかよろこんでいるのかよくわからない。おそらくその両方だろう。確かに心配をかけたようだ。日菜多は素直にあやまった。

「ごめん。友川さん、ひょっとして寝ないでここで待っててくれたの？」

「ん……ん、まあな。もしも日菜多になにかあったら、柏原さんに顔向けできねえしな。何度も電話してるのに、まったく通じねえし。電源が入ってねえってアナウンスもねえんだから」

「私のスマホが？」

日菜多はポケットからスマホを出して確認した。電源は切っていないし、バッテリーはまだ残っている。試しに事務所に電話をかけてみたが、目の前の電話機がすぐに鳴り始めた。

ということは、誰かが邪魔をしていたということだろうか？　それはもちろん、バイクの後ろに乗っていたあの人物……？

視線を感じて顔を上げると、友川が目を見開き、口を半開きにして、日菜多の顔をじっと見つめていた。

「なに？　じろじろ見ないで。気持ち悪いよ」

日菜多が顔を背けると友川はその前に回りこんで両肩に手を置き、のぞき込むようにして訊ねる。

「日菜多……おまえ、本当に大丈夫か？」

「うん。平気。ちょっと事故っちゃっただけ。バイクはもうダメだけど、自損事故だし、私はかすり傷だけだから心配しないで」

転んだために服が汚れていたので、怪我を心配してくれているのだろうと思ったら、どうやら違うようだった。

「おまえ、すげえ顔色してるぞ」

「事故処理とかあって一睡もしてないからかな」

「そんなレベルじゃないって。こういうの、死相が出てるって言うんじゃねえか。自分で見てみろよ」

友川が日菜多の両肩をつかんで、壁のほうを向かせた。壁には鏡が掛けられている。

「これ……私？」

鏡に映った自分の顔を見て、日菜多は驚きの声をもらした。そして確かめるように両手で顔を触った。確かに自分の顔だ。

友川が言うとおり、顔色が悪いなどといったレベルではない。死体のように青白く、頬はこけ、目の下には濃い隈ができている。

まるで、直人がまとっていた死の気配が伝染したかのようだ。

言われてみれば、確かにどうしようもなく体調が悪い。昨夜は一睡もしていなかったし、かなりの距離をバイクで移動したから肉体的に疲れていたが、それだけではないような気がする。

「おまえ、今までどこに行ってたんだ？」

嘘を言ったり、ごまかしたりするだけの元気もない。日菜多は直人の家へ行き、そのあと直人が入院している病院へ行ったこと。帰りにバイクのタンデムシートに女がいきなり現れ、事故ってしまったこと。そのすべてを正直に話した。

話を聞き終わった友川が真剣な顔で言った。

「日菜多、そのパソコンの中身、俺にも見せろよ。その中にいったいなにが入ってるんだ？　柏原さんが亡くなったのも、それのせいじゃないのか？　今の日菜多を見てたらそうとしか思えねえ。ほっといたら日菜多まで死んじまいそうだよ」

友川がノートパソコンを開いた。

「ダメ！」

日菜多は素早くノートパソコンの蓋を閉じて自分のほうに引き寄せた。もしも見せたら友川も巻き込んでしまう。そんなことはできない。さっきも日菜多は死にかけたのだ。

「おい、いったい、なにが起こってるんだよ？　少しは俺を頼れよ！　柏原さんには恩があるんだ」

「恩ってなに？　お父さんにいったいなにをそんなに感謝することがあるの？」

友川は一瞬黙り込んだが、椅子を引き寄せてそれに座り、日菜多も椅子に座らせると、意を決したように話し始めた。

「俺は中二のときに引きこもりになって、高校にも行っていない。きっかけはオカルト体験をした話を学校でしたら『嘘つき』と呼ばれ、みんなから無視されるようになったからだ」

うなじの辺りがチリチリした。日菜多は椅子に座り直して、神妙な声で友川に訊ねた。

「オカルト体験？　それってどんなの？」

「この際、もう全部話しちゃうけどさ、学校帰りにチャリを走らせてたら、家の近所にあった四つ辻のお地蔵さんが俺を呼び止めたんだ。『おい、おまえ、ちょっと待て』って。驚いてブレーキをかけたら、俺が通ろうとしていた道が、この世の終わりみたいな感じに一気に数十メートルも陥没しちゃったんだよ。地下水で地中の土が浸食されていたのが原因だったらしいけど、もしもあのまま道を進んでたら、俺はその穴の中に真っ逆さまで、ひょっとしたら死んでたかもしれないって話。どう思う？」

「虫の知らせってやつなのかな？　そんなこともあるかもしれないね」

日菜多が言うと、友川はにやりと笑って話を続けた。

「嘘だよ」

「なにが？　引きこもりだったのは嘘なの？」

「それは本当。オカルト体験が嘘なんだよ。クラスのやつらが正しかったんだ。俺は嘘つきだったんだよ」

「どうしてそんなことを？」

「テレビでオカルト番組を観てハマっちゃってさ。自分にもなにか不思議な力があればいいのにって思ったんだけど、そんなの普通はないじゃん。でも、自分は特別だと思いたくて、そんな作り話をしたんだよ。中二なんだから、そんなもんだろ？　それをそれなのにみんな常識人ぶって俺を責めるんだよ」

あきれてなにも言えない。日菜多が黙り込むと友川は続けた。

「引きこもってるあいだ、俺は家でオカルト系の本を読んだり、映像を観てばかりいた。そんな中で一番のお気に入りのオカルト番組は『霊能力探偵局』だった。昔は霊能力者に失踪者を捜させたりしてたみたいだけど、途中からは不思議な現象を科学的に解明するっていうスタンスに変わって、年に数回の特番として続いていたんだ」

その番組は知っている。祖母が止めるのも聞かずに日菜多が観てオカルトがトラウマになったのも、その番組の心霊スポット特集だった。

「俺はそれを作っていたディレクターにどうしても会いたくなって事務所を訪ねた。それがここだ。そして、そのディレクターが柏原さんだったんだ。そのとき、俺は七年ぶりに家から外に出た。柏原さんはいきなり訪ねてきた俺を追い返すことなく、俺がどれだけオカルト好きかって話を聞いてくれた。絶対に人知が及ばない不思議なことってあるんだって俺は力説したんだ。そしたら『俺もそう思う』って同意してくれた。俺はその瞬間、救われた。だから『柏原さんの下で働かせてください』って頼んだ。そしたら最初は断られたけど、『契約スタッフとしてなら。でも普通にバイトしたほうが稼げるよ。それでもいいなら』って雇ってくれたんだ。ギャラは本当にすっげえ安かったけどな。それでも自分で金を稼いだことなんか一度もなかった俺には、すげえありがたいことだった」

確かに亮次なら、そういう対応をしただろう。「この世には不思議なことがいっぱいあるんだ。俺はそのことを世間に訴えたくてオカルト番組を作ってるんだ」というのが、子供の頃によく聞かされた亮次の口癖だった。

今思えば、比呂子と親しくなるきっかけの出来事が、亮次をそんな気持ちにさせていたのかもしれない。

「でも、やっぱりダメだよ。私、さっき死にかけたんだよ。なんにも関係ないのに、友川さんまで危険な目にあっちゃうかもしれないよ」

「なにを水くさいこと言ってんだよ。俺はな、もしも柏原さんがいなかったら、今でもまだ引きこもったままだったかもしれないんだ。だから恩人である柏原さんの娘の日菜多のために、俺は役に立ちたいんだよ。俺のことは心配すんな。こう見えても、オカルトに関する知識は柏原さんだって一目置いてくれてたんだ。絶対に役に立つからさ。いいだろ？　俺にもパソコンの中身を見せてくれよ」

日菜多は友川の顔を見つめた。友川も見つめ返してくる。

「うん、わかった」とうなずいて、日菜多はクスッと笑った。

「なんだよ。人の顔見て笑うなんて失礼だぞ」

「ごめん。そうじゃないの。なんか友川さん、お父さんに似てるなと思って」

「やめてくれよ。俺はまだ二十五だぜ」

「うん。そういうことじゃなくて、なんだか優しくて、一生懸命で……」

言いながら恥ずかしくなってしまった。日菜多は慌てて顔を背けた。

「ごめんなさい。変なことを言って」

「あ、う、うん。まあ、別にいいよ」

ぎこちない空気が流れた。でも、友川に頼ろうと決めてほっとしたせいか、急に眠気が襲ってきた。日菜多は大きなあくびをした。それを見て、友川が言った。

「よし、日菜多はもう寝ろ。そしたら少しはましな顔に戻るかもしれない。そのあいだに、俺はこのパソコンの中身に目を通しておくよ」

「でも、大丈夫かな」

「はあ？　俺には霊感なんかまったくないからな。オカルト番組をいっぱい手伝ったけど、今まで怪奇現象に出くわしたことなんて一度もないんだ。すごいだろ。俺みたいな鈍感なやつは、幽霊の天敵なんだ」

そんなに簡単なことだろうか？　でも、眠い。眠くてたまらない。身体が重くて、座っているのも限界だ。

「じゃあ、少しだけ寝させてもらうね」

日菜多は自分の腕に浮き出たパスワードをメモしておいた紙を手渡すと、パーティションの向こうのベッドに向かってふらふらと歩いていった。

## 13

外が明るくなり、小鳥のさえずりが聞こえ始めた。夜勤の時間はもうそろそろ終わりだ。

日勤の看護師と引き継ぎをする前に清潔にしておいてあげようと、長谷川由香は直人の身体を濡れタオルで拭いてあげていた。

背後で病室のドアが静かに開く気配がした。昨夜の異様な女のことが頭をよぎり、背筋が寒くなった。

由香は反射的にドアのほうを振り返った。

だが、そこにいたのは総白髪の背の高い男だった。顔には深い皺が刻まれていて、老人といってもいい年のはずだが、健康的に日焼けしていて、若々しい活力を感じさせる。

死を目前にした病人ばかり相手にしている由香は、その男の全身から溢れ出る生命力を眩しく感じてしまう。

こんな早朝なので、病室には直人以外は誰もいないと思っていたのだろう。男は由香を見て少し驚いたようだった。弁解するように言う。

「伊原さんのお見舞いをさせていただきたいと思って」

「まだ面会時間じゃありませんよ」

「すみません。仕事の都合でこの時間しか来られなくて……。少しだけでいいのでお見舞いさせてください」

男は由香の返事を待たずに病室に入ってきた。

昨夜の女の匂いがまだ残っていたのか、男は怪訝そうに眉を寄せて微かに鼻をひくつかせながら病室内を見回している。

「伊原さんは意識がない状態ですよ」

「かまいません」

今まで誰も見舞いに来たことがなかったのに、昨夜から三人目だ。……あの女を人として数えたらだが。

由香は少し警戒しながら言った。

「では、一応、お名前と伊原さんとのご関係を教えていただけますか？」

「大崎といいます。伊原さんの奥さんの古い知り合いです」

奥さん？ まさか、昨夜現れたあの異様な女のことか？

いったいなにが起こっているのだろうかと気になったが、自分はただの看護師だ。

これ以上の詮索はしてはいけない。由香はそう自分を戒めた。

「伊原さんのお顔を見させていただいていいですか？」

大崎の口調は丁寧ながらも、有無を言わせぬ強引さがあった。

「……ええ、どうぞ」

直人の入院着の胸元を整えてあげてから、由香は後ろに下がった。大崎はベッドサイドに立ち、直人の顔を見下ろした。

「この人が美雪の旦那さんか。こうなる前はいい男だったんでしょうね」

大崎はしみじみと言った。そして、短く付け足す。

「もう先は長くないのですか？」

不躾な質問だったが、なにか切実な思いが感じられ、由香は正直に答えた。

「はい。いつ亡くなってもおかしくない状態です。というか、生きているのが不思議なぐらいです」

大崎は息を吐き、ゆるゆるとかぶりを振ると、低い声で言った。

「少しふたりっきりにしていただけませんか」

怪しい男と患者をふたりっきりにするわけにはいかない。ひょっとしたら危害を加えるつもりなのかもしれないのだから。

由香は強い口調で言った。

「ダメです。私は伊原さんの担当看護師です。伊原さんのことはすべて任されています。伊原さんを危険に晒すようなことはできません」

大崎は少し困ったように眉を寄せたが、素直に応えた。

「わかりました。あなたのような人に看護してもらって、伊原さんも幸せですね」

直人のほうに向き直り、のぞき込むようにして顔を近づけていく。そして直人の耳元で話しかける。

その声は小さすぎて、なにを言っているのか由香にはわからない。ただ、最後の言葉だけが微かに聞こえた。

「だから、なんとしても生きろ。まだ死ぬんじゃねえぞ」

すぐに大崎は腰を伸ばし、由香のほうに向き直った。

「ありがとうございました。では、俺はこれで」

礼を言うと大崎はさっさと部屋から出て行く。

「あ、ちょっと待ってください」

大崎が病院から出て行くのを見届けようと、続いてドアのほうに向かった由香の足が止まった。背後で呻き声が聞こえる。

振り返ると、直人が眉間に深い皺を刻んで、怖い夢でも見ているかのようにうなされていた。

「伊原さん……」

由香は戸惑った。この病室へ運び込まれてからの直人は死人のように横たわっているだけで、こんなふうにうなされることもなかったからだ。

あの異様な女が現れた昨夜でさえ、まったく反応を示さなかった。

大崎はさっき、直人にいったいなにを言ったのだろうか？

## 14

目が覚めると、もう昼過ぎだった。久しぶりにぐっすり眠れたようで、身体はずいぶん楽になっていた。

友川はどうしているだろうかとパーティションのほうに意識を向けると、カチッ、カチッとマウスを操作する音が聞こえる。

日菜多はベッドから下りてそちらに向かった。友川は真剣な表情でパソコンの画面を見つめていた。

「おう、起きたか。どうだ、身体の調子は？」

日菜多に気づくと肩の凝りをほぐすように首を回してみせた。

「うん、だいぶまし。心配してくれてありがとう。ずっとパソコンを見てたの？」

「まあね、オカルト好きとしては面白すぎて止まらなくなっちゃってさ。でも、さすがに量がすごいから、まだほんの一部しか見られてないけど、だいたいのことはわかったよ。日菜多のお母さんはこんなすごい体験をしてたんだな。柏原さんはなにも言ってくれないんだもんなあ。まあ、軽々しく口にすることもできなかったんだろうけど。それから、日菜多の身になにが起こってるのかもだいたいわかった。これからは俺のことを柏原さんだと思って頼ってくれていいぞ」

「ずいぶん若いお父さんだけどね」

日菜多は苦笑した。

「じゃあ、もう少し続けさせてもらうよ」

そう言うと友川はまたパソコンに向かい、テキストデータを読み始めた。

＊

また夜が来て、朝が来た。途中に短い仮眠を取っただけで、友川は二十四時間以上もパソコンに向かい続けていた。もともとオカルト好きだからというだけではない真剣さが感じられ、話しかけることも憚られた。

その様子を見守り続けていた日菜多だったが、手持ちぶさたが限界になり、昼食を買いに出ることにした。

でも、コンビニ弁当はもう飽きてしまった。

事務所から少し離れたところに大きな商店街があることをネットの情報で知ったので、気分転換にそこまで歩いてみることにした。

バイク事故のこともあり、ひとりで出歩くのは少し不安だったが、真夏の日差しが照りつけているこの時間には、良くないことなどなにも起こらないだろうという気がした。

十数分歩くと商店街に着いた。そこは昔ながらの商店街で、電柱につけられたスピーカーから控えめな音楽が流れていて、八百屋や肉屋など、個人商店が建ち並び、買い物客たちがそれぞれの店で買い物のはしごをしている。

スーパーでしか買い物をしたことがなかった日菜多には新鮮な光景で、いろんな店をのぞきながら歩き回っていると、ここ数日の出来事で参っていた心が一気に癒やされていくのを感じた。

弁当もいわゆるチェーン店ではなく、老夫婦がやっている総菜屋で自分の分と友川の分を買った。家庭料理という雰囲気の、煮物を中心としたおかずがたっぷり詰められたおいしそうな弁当だ。

お金を払って弁当を受け取り、また商店街を歩きながら所持金を確認した。

「今月、ちょっとヤバいかも」

ついひとりごとがこぼれてしまう。

亮次が亡くなってから、アルバイトはずっと休んでいた。そのくせ事務所に泊まり込んでいて、食事は外食かコンビニ弁当ばかりだったので金の減り方がすごかった。

事務所には一応、小さなキッチンがあったが、亮次も自炊はしていなかったようで、調理器具や調味料の類いはなにもなかった。だけど今月いっぱいで退居する予定なので、わざわざ買いそろえるのも気が引ける。

そもそも家にいるときの食事は全部祖母が作ってくれていたので、日菜多にできる料理はほんの数品しかなかった。道具や調味料があったところで、それを有効活用することは難しい。

そんなことを考えながら商店街を歩いていると、小学校に入るかどうかといった年齢の可愛らしい女の子が果物屋からひとりで出てきた。

女の子は両手に一個ずつ大きなリンゴを持ち、楽しそうにニコニコしながら日菜多のほうに歩いてくる。こちらまで楽しくなってくるような笑顔だ。

すれ違うときに声をかけたくなったが、なんとか我慢した。見知らぬ人にいきなり話しかけられたらびっくりするだろうし、楽しい気持ちを邪魔したくはなかった。

それでもなぜだかその女の子のことが気になってしまい、足を止めて後ろ姿を目で追っていると、彼女は商店街の端まで行き、道路の手前で立ち止まった。

そこは信号のない横断歩道だ。車は歩行者が待っていても停まろうとはしない。女の子は早く家に帰りたいのか、足踏みをしている。そんな姿も微笑ましい。

一台の車が女の子のために停まってくれた。女の子はお辞儀をしてから、よく巻かれたゼンマイ仕掛けのミニカーのように勢いよく道に飛び出す。

そのとき、停まっている車を追い越すようにして、別の車が猛スピードで突っ込んできた。

「危ない！」

思わず日菜多は大声を出して、女の子のほうに駆け出していたが、距離がありすぎる。

ぶつかる！

日菜多はぎゅっと目を閉じた。車のクラクションとブレーキの甲高い音が耳に飛び込んでくる。

車が走り去る音が聞こえ、日菜多がおそるおそる目を開けると白髪の男が女の子を抱えていて、向こう側の歩道に降ろすところだった。それは最近、日菜多のまわりをうろついていた、あの怪しい男だ。

男はちらっと日菜多を見ると、反対側に歩いて行く。

「ちょっと待って！」

日菜多はとっさに追いかけようとしたが、女の子のところに着いたときには、もう男は路地へと消えてしまっていた。

男のことは気になったが、日菜多は女の子を優先することにした。

「大丈夫？　怪我はない？」

屈み込んで素早く全身を確認しながらそう訊ねた。

「……うん。だいじょうぶ。ケガはしてないよ」

特に転んだりはしていないようだが、首を横に振ったときに前髪の下から額に大きな痣があるのが見えた。でもそれはかなり古いもののようで、今ぶつけたというわけではなさそうだ。

「お母さんは一緒じゃないの？」

「ママ？　ママはもうすぐ生き返るの」

母親のことを話すのが誇らしくてたまらないといったふうに女の子は言う。

妙なことを言ったように思ったが、それは子供の言い間違いで、「ママはもうすぐ来るの」とでも言いたかったのだろう、と考えて、日菜多はかえって微笑ましく感じた。

「だけど、リンゴがつぶれちゃった」

車にひかれそうになったときに驚いてリンゴを落としてしまったらしい。おまけに後続の車にひかれて、リンゴはふたつともアスファルトの上で無残につぶれてしまっていた。

そのことがショックだったのか、リンゴを見つめる女の子の両目に見る見る涙が溜まっていく。

「乃愛ちゃん、リンゴが大好きなの。だからママにも食べさせてあげて、早く元気になってもらおうと思ってたのに……。おばちゃんからもらったお金は全部使っちゃったから、もうお金は持ってないの」

しょんぼりとうなだれてしまう。

どうやら母親が病気らしい。その母親のためにリンゴを買いに来たとは、なんていじらしいのだろう。

「乃愛ちゃんっていうのね。そこの果物屋さんで買ったんだよね？　いいよ。お姉さんが新しいのを買ってあげる」

「ほんと！　ありがとう！」

乃愛は表情をパッと明るくして礼を言った。その笑顔を見て、日菜多はなぜか他人とは思えない親しみを感じてしまった。

そんな日菜多の気持ちが伝わったのか、乃愛はうれしそうに言う。

「おんなじだね」

「え？　なにが？」

「お姉ちゃんは乃愛ちゃんとおんなじ」

乃愛は親しみを込めた笑みを浮かべている。言っている意味がわからなくても、その笑顔が可愛くて、つられて日菜多も笑顔になってしまう。

果物屋まで戻ってリンゴを買い、今度はレジ袋に入れてもらって、それを乃愛に手渡した。

「落とさないように気をつけてね」

「ありがとう。お姉ちゃん、またね」

乃愛はリンゴが入ったレジ袋を大事そうに抱えて帰っていく。

その小さな後ろ姿を見ていると、なぜだか胸騒ぎがしてきた。なにかよくないことが起こりそうな予感がする。

日菜多は大声で言った。

「乃愛ちゃん！　ちゃんと確認してから渡るんだよ！　気をつけてね！」

乃愛が振り返って日菜多に向かって手を振る。その可愛らしい笑顔に、日菜多の不吉な予感は簡単に打ち消されてしまった。

# 15

事務所に戻ると、友川はまだパソコンに向かっていた。あきれるほどの集中力だ。日菜多が戻ってきたことにも気づかない。

「お弁当、買ってきてあげたよ。一緒に食べよ」

レジ袋から弁当を取り出しながら声をかけると、ようやく友川は日菜多に気がついた。

「おお、ありがとう」

礼を言いながらこちらに歩いてきた友川が、「ん？」と声をもらして日菜多の顔をのぞき込む。

「なに？　また顔色が悪い？」

日菜多は身体を仰け反らせた。

「いや。そうじゃない。ニヤニヤしてるから、なにかいいことがあったのかなと思ってさ」

「あっ、わかる？　可愛い女の子と友達になったの」

「はあ？　なんだそりゃ」

「五、六歳ぐらいの女の子で、自分の好物のリンゴを病気のお母さんに食べさせてあげたいって、ひとりで商店街の果物屋さんまで買い物にくる優しい子なんだ。名前は乃愛ちゃんっていうの」

「乃愛？」

友川が訝しげに眉根を寄せた。

「知り合い？　まさかね。あんな可愛い女の子とこんなチャラいお兄さんが知り合いだなんてないよね」

冗談を言ったつもりだったが、友川はのってこない。

「いや、知り合いではないんだけど、なんだか聞き覚えがある名前だなと思ってさ」

そう言ってなにかを必死に思い出そうとしている。だが数秒後、深く刻まれた眉間の皺を不意に緩めた。

「う～ん、思い出せないや。ってことは、そんなに大事なことじゃないんだろう。ということで、弁当をいただこうかな。お、うまそう。なにこの手料理感。おふくろの味って感じじゃん。いきなり腹がへってきたよ」

友川は旺盛な食欲で弁当を平らげ始めた。

その勢いに日菜多はあきれてしまい、車にはねられそうになった乃愛を助けたのが例の白髪の男だということを口にするきっかけを失ってしまった。

まあいい。どうせそれも大したことではないだろう。

## 16

レジ袋に入れられたリンゴを胸に抱えるようにしてアパートまで帰り着いた乃愛は、自分の部屋のドアを開けようとした。

ノブを回してドアを引くが、まるで接着剤で貼り付けたかのような粘着質な感触があって開かない。

「ママ、開けて」

ドアに口を近づけて声をかけると、ドアがひとりでにゆっくりと開いた。

そのとたん、部屋の奥からなにかがこちらに向かってきた。それは梨沙と数馬だ。

ふたりはドアから外へ飛び出そうとするが、見えない手で足首をつかまれたように前のめりに倒れ込み、そのままずるずると家の奥のほうへ引きずられていく。

乃愛はふたりの向こうに視線を向けた。部屋の奥の開けっ放しのテラス窓の向こう

――暗い庭の大きく盛り上がった土の中から、ママの目がこちらをじっと見ている。

「ダメだよ、逃げようなんてしたら。もうすぐママが生き返るから、もうちょっと待っててよ。それまでは、おばちゃんにはご飯を作ってもらわないと困るの。おじちゃんは別にいなくてもいいけど、おばちゃんひとりだと寂しいでしょ。だから一緒にいさせてあげてるんだよ」

玄関を入ってドアを閉めると、乃愛はふたりに言い、ニタ～ッと笑った。養父母は心底怯えた顔で乃愛の前に土下座する。

「乃愛ちゃん、もうこんなことはやめて。あたしたちは身寄りのない乃愛ちゃんをずっと世話してあげてたんだよ」

「そうだよ。感謝されることはあっても恨まれることはないんだ。それに、あんな化け物が乃愛のママのわけがないだろ。乃愛のママは梨沙の妹で、もうとっくに死んでるんだ」

「うるさい！」

乃愛が叫ぶと、ふたりはビクッと首をすくめた。

「ここにいるのが乃愛ちゃんのママなの」

震えているふたりの横をすり抜けて、乃愛は庭へ向かった。

大きなマンションが邪魔で昼間でもまったく日が当たらない暗い庭に下りて、盛り上がった土の上にリンゴをひとつ置いた。

「ママ、リンゴを買ってきてあげたよ。乃愛ちゃん、リンゴが大好きなの。おいしいよ。これを食べて早く生き返って」

ママがなかなか生き返らないことが乃愛は少し気になっていた。たまにママが地上に出ようとすることがあったが、出てきたとたん身体が変色していやな匂いが漂いだし、すぐにまた土の中に潜ってしまうのだ。

それはきっと自分がダメな子のせいだ、と乃愛は思うようになっていた。もちろんお祈りはいっぱいするが、それだけではなくおいしいリンゴを食べさせてあげれば、ママが早く生き返るのではないかと考えたのだった。

じっと見ていると、土の中から白い手が伸びてリンゴをつかみ、そのままますぐに土の中に潜り込んだ。

しゃりしゃりとリンゴを食べている音が聞こえた。そして、すぐに静かになった。

「ママ、おいしかった？　乃愛ちゃんも食べるね。おばちゃん、リンゴの皮を剝いて。乃愛ちゃんはまだ小さいから皮は食べられないの」

乃愛は振り返り、梨沙に自分の分のリンゴを手渡した。震える手でリンゴを受け取った梨沙はキッチンへ行き、果物ナイフを手に取った。

乃愛はすぐ後ろに立って、リンゴを剝く様子を見ている。待ち遠しくてたまらない。

「乃愛、いいかげんにしな！　大人を舐めんじゃないよ！」

梨沙が振り返り、乃愛に向かって果物ナイフを突き出した。ぎらりと光る刃が乃愛に突き刺さる直前で、まるで火で炙った飴細工のようにぐにゃりと曲がってしまった。

《私の子供をいじめないで》

ママの声が聞こえた。振り返ると、パラパラと庭の土山が崩れる。その下から、ママの目がこちらを睨んでいる。

「ママ、ありがとう。このおばちゃん、悪い人だから、お仕置きしないといけないね」

乃愛がそう言ったとたん、梨沙はいきなり流し台の上の棚から爪楊枝が入った容器を取り出した。上を向いて口を大きく開け、そこに爪楊枝を次々と放り込んでいく。

だがそれは本人の意思ではない。その証拠に、梨沙の目は恐怖に大きく見開かれ、悲しげな呻き声をもらしている。

もう口の中が爪楊枝でいっぱいだ。梨沙の喉がングングと動き、口の中のものを飲み込もうとする。それを見て、乃愛が楽しそうに笑う。

「おばちゃん、爪楊枝を千本飲むつもりなの？」

数馬は腰が抜けたように座り込んだまま後ろに下がりながら、必死に懇願する。

「やめろ！　もうやめてくれ。お願いだ！」

「しょうがないなあ。ママ、もういいよ」

乃愛がつまらなそうに言うと、梨沙はすとんと床に両膝をついた。そのまま四つん這いになって血のついた大量の爪楊枝を吐き出し、激しく咳き込み続ける。

「今度、乃愛ちゃんに意地悪したら、本当に針千本飲ませるから。そうだよね、ママ」

土の中にいるママのほうを向いて、乃愛は甘えるような口調で言った。

## 17

直人の病室を訪れたあと、大崎昭吾はすぐにまた戻ってきて柏原亮次の事務所の前に停めた車の中から日菜多を監視していた。

張り込みや尾行はお手の物だ。大学生のときに巨悪を暴くジャーナリストを目指して週刊誌の取材記者のアルバイトをしていた経験が、この年になってからこんな形で活きるとは思ってもみなかった。

もしも美雪が生き返ってきたのだとしたら、きっと比呂子の娘である日菜多に恨みの念を向けるはずだ。だから日菜多を監視していれば、美雪が今、どこにいるのか知ることができるはずだと大崎は考えていた。

実際に、一昨日、まるで夢遊病者のようなふらふらした足取りで事務所から出てきた日菜多は、バイクを走らせてかつて美雪が家族と暮らしていた家に行った。

大崎は車で尾行したが、日菜多が狂ったように飛ばすので、途中で何度も見失いそうになった。

そしてようやく辿り着いた直人の家。そこに美雪がいるのかと思ったら、そうではなく、日菜多は直人の居場所を近所の人たちに訊ねて、病院へとまたバイクを走らせた。

その必死な様子を見て、大崎は確信した。どうやって操っているのかはわからないが、美雪が日菜多に直人を捜させていたのだ。やはり美雪にとって一番大切なのは直人なのだ、と。

しかし、夜のあいだに行動を起こすのは危険だ。その時間は美雪の力が強く発揮されるはずだからだ。

朝日が昇るのを待って、大崎は病院へ忍び込み、直人の病室を訪ねた。早朝にもかかわらず看護師がいて驚いたが、なんとか直人と会うことができた。

だが、直人は意識がない状態だった。そのせいで美雪は直人の念を頼りに居場所を見つけることができなくて、日菜多を利用したのだろう。

それにしても、まさか直人があんなにひどい状態だとは思わなかった。あれだとまったく役に立たないだろう。だからといってあきらめるわけにはいかない。自分には美雪の生を終わりにしてやる責任があるのだから。

とりあえず今は日菜多を監視するのが、美雪の居場所を知る一番の近道だ。直人を見つけるという役割を果たした今、日菜多は美雪にとっては自分の家庭を崩壊させた女の娘、憎むべき対象でしかないのだ。いつ殺されても不思議ではない。

なのに、そんな気配はなかった。日菜多は事務所に戻る途中で事故を起こしたようだが、バイクは大破したものの本人は特にケガをした様子はなかった。

なぜ美雪は日菜多を殺そうとしないのか？　それはまだ再生途中で力が弱いからなのだろうか？　だとしたら、完全に蘇る前になんとか美雪の居場所を見つけなければば。

そう考えて、張り込みを続けていると、日菜多が事務所のあるビルから出てきた。

気分転換のつもりなのか、日菜多は少し離れたところにある商店街まで徒歩で向かった。

いろんな店を眺めながら商店街をぶらつく日菜多の表情は明るく、一昨日とはずいぶん違っていた。ただ、その身体から妖気のようなものが微かに漂い出ていることに変わりはなかった。

自分がそんな不穏なものを感じ取れるようになったことに気恥ずかしい思いを抱きながらも、大崎は日菜多のあとをつけた。

そんなとき、小さな女の子が車にはねられそうになった。物陰から様子を窺っていた大崎は、とっさに飛び出してしまった。日菜多に見つかる危険があったが、それよりも女の子を助けることのほうが大切だった。

だが、抱き上げた女の子の身体から、日菜多が放つ以上の妖気が感じられた。それは今までに大崎が感じたことがないぐらい強烈なものだった。

いや、四十年前に一回だけ感じている。一度死んで生き返ってきた美雪の母親が放っていた妖気と同じ濃厚さだ。

間違いない。この女の子は美雪と一緒にいる。

やはり怪異に取り憑かれた者同士、引き付け合う力が働くのだろう。日菜多を監視していて正解だった。

大崎はいったん立ち去ったように見せかけて、日菜多と別れた女の子を尾行してここまで来た。

そして今、女の子が古ぼけたアパートの一室に入っていくのを、少し離れたところから見ていた。

「やっと見つけたぞ、美雪……」

案の定、女の子が入っていった古いアパートは、異様な気配を漂わせていた。真夏の日差しが降り注ぐ昼間だというのに、そこだけが墨を垂らしたように薄暗く感じられるのだ。

もちろん普通の人間はそんなものは感じないだろうが、ここ十年近く『カケラ女ハンター』として美雪のカケラを捜し回っていた大崎ははっきりと感じるのだった。

大崎は何気なく手の甲で額の汗を拭った。気がつくと、びっしょりと汗をかいていた。それは暑いからだけではない。

息が苦しい。呼吸が浅く、いくら吸っても空気が肺に入ってこない。

なにかがおかしい。身体に起こった異変を感じながらも、アパートに向かって足を踏み出そうとしたが、前には進めない。まるでやわらかい透明な壁が目の前に立ちはだかっているかのような感覚を覚えた。

「美雪……。おまえ、やっぱりそこにいるんだな？　俺だ。大崎だ。正義マンって言ったほうがいいか。覚えてるか？　おまえを助けにきてやったぞ」

声に出して呼びかけてみたが、返事はない。今の美雪に、少女だった頃を懐かしむ人間らしい感情があるのかどうかわからない。もしも感情があったとしても、大崎のことを懐かしがって好意的に受け止めてくれるとも思えない。

なにしろ大崎は美雪の母親を殺した男なのだから、敵と認定されてもおかしくない。それに今、美雪の身体を滅ぼそうとしているのだから、生き返りたいと思っている美雪にとっては敵だろう。

でも、美雪は大崎をひと思いに殺すつもりはないようだ。ただ苦しさだけが大崎を包み込む。

結局、大崎はそれ以上、家に近づくことができない。こんなにも嫌われたのだとしたら仕方ない。とりあえずいったん立ち去るしかなかった。

# 18

「おい、こっちだよ。恥ずかしいからきょろきょろすんなよ」

少し前を歩いていた友川が振り返ってバカにしたように言う。

「別にきょろきょろなんてしてないし」

日菜多は友川と一緒に東邦テレビを訪れていた。亮次のもとの職場で、制作プロダクションを立ち上げてからも主に仕事をしていたテレビ局だ。

そこには日菜多の母である比呂子もフリーのビデオカメラマンとして出入りしていたことがあった。父と母の出会いの場所でもあるわけだ。そう思うと、すべてが興味深い。

「失礼しまーす！」

誰に言うでもなくそう大声で言いながら、友川が報道フロアに入っていく。そのあとに日菜多も続いた。

そこはかなりの広さで、番組ごとにいくつものグループに分かれていた。そのどのグループも、みんな忙しそうにしている。事務所でだらだらしている友川しか見ていないので、やっぱりテレビ業界はすごいなという気がした。

その中にあって一際大きな声で指示を出している人物がいた。ごま塩頭の若干太めな男性――草間英二だ。草間の指示を受けた若い男性たち数人が、ビデオカメラなどの機材を持ってフロアを飛び出していく。なにか事件か事故が起こったらしい。殺気立った様子に、出入り口のところで日菜多の足がすくんでしまう。

今日の昼過ぎに、草間から友川に電話があった。亮次の私物がテレビ局に置きっ放しになっているから取りにきてくれというのだ。

そのことを聞いた日菜多は、父親が働いていた職場を一度見てみたいと思い、こうして一緒にやってきたのだった。

草間は今、夕方のニュース番組を担当しているため、その放送が終わったぐらいの時間に行ったほうがいいと友川に言われて、この時間にやってきたのだが、報道には暇な時間などないのだろう。事件や事故はこちらの都合など考えてくれないのだから。

完全に気後れしている日菜多をその場に残したまま、友川がフロアに入っていって草間に声をかける。

「草間さん、忙しそうですね。今、大丈夫ですか？」

草間が振り返った。眉間に皺が寄り、厳しい顔つきだ。

長年、テレビ局の報道ディレクターとして、いくつもの修羅場をくぐってきただけあって、かなり迫力がある。

草間は亮次の葬式に参列してくれていた。そのとき日菜多はお悔やみを言われたが、伏し目がちの物静かな様子だったので、目の前にいるのが同一人物だとは思えなかった。

「友川か。うん、さっき事故の連絡が入ってな。急遽、取材班を現場に行かせたところだ。彼らが到着して、そこから情報が上がってくるまでには少し時間があるから、今はちょうどいいタイミングだよ。それにしても今日は早く帰れると思ってたんだけどな。で、日菜多ちゃんは？」

と言って視線を巡らせて、出入り口のところに立ち尽くしている日菜多を見つけると、いきなり表情をやわらかくした。

「おう、日菜多ちゃん。悪いね、わざわざ来てもらって」

草間は亮次と知り合いだというだけではなく、比呂子の大学の先輩でもあり、テレビ業界に引き入れた人物でもある。そのせいもあって、日菜多は子供の頃に草間に何度か会っていた。

亮次と一緒に食事に連れて行ってもらったり、プレゼントをもらったりしたのだ。といっても、日菜多はほとんど覚えていなかったが、草間はよく覚えているようだ。亮次の葬式の場で久しぶりに会うと「大きくなったなあ」となぜだか泣かれてしまった。

慌てて日菜多も草間のところまで駆け寄り、挨拶を返した。

「いいえ、とんでもないです。私も父の職場を一度見てみたかったんで。それより、先日は父の葬儀にいらしていただいて、どうもありがとうございました」

「いや。礼なんて……。柏原は本当に残念なことをしたな。まだ若いのに。それにこんな可愛い娘を残してさ。さぞかし心残りだっただろうな」

そう言うと、草間はしんみりしかけた空気を変えるように友川に言った。

「ところで友川は、今後はどうすんだ？　仕事はあんのか？　柏原のところが廃業したら大変だろ」

「ええ、まあ。でも、あと少し残務整理みたいなことがありますから。それが終わってからゆっくり考えます」

「なんなら俺が紹介してやってもいいぞ」と言ってから草間は日菜多のほうを向いて

続けた。「こう見えて、友川はけっこう有能なんだ」

「えっ、そうなんですか？」

「なんだ、日菜多ちゃんはあんまりしっくりこないみたいだな。まあ、普段はだらしなくても、本当に困ったときに頼りになるのがいいんだぞ」

「はい。今のは冗談です。本当は、友川さんにはもうすでにずいぶん助けられてますから」

日菜多が笑うと、草間が不思議そうな表情を浮かべた。

「どうかしましたか？」

日菜多は居心地が悪く感じた。昨日今日はわりと眠れたので、顔色の悪さはかなりましになっているはずだ。でもひょっとして……。

「いや、なに、柏原の葬式のときは泣き顔だったからよくわからなかったけど、こうやって改めてよく見ると、日菜多ちゃんは本当に倉沢比呂子によく似てるなと思ってさ」

草間はしみじみと言った。

「祖母なんかも、最近どんどん似てきたって言うんですけど……。そんなに似てますか？」

「うん。似てる。でも、顔が似てるだけじゃなく、滲み出るオーラのようなものが似てるっていうか。正義感が強そうで、頑固そうで、それでいて他人を思いやれる優しさがあって……」

比呂子を懐かしむ草間の様子を見ていると胸が苦しくなる。日菜多は無理やり話を変えた。

「それで、父の忘れ物の私物って、なんなんでしょうか？」

「ああ、そうそう。そのために来てもらったんだったな。これ、柏原のウエストバッグなんだ。あいつ、いつもこれを身につけてたんだけど、亡くなった日に限って、うちの機材車の中に忘れていっちゃってさ。昨日、その機材車を久しぶりに使ったやつが忘れ物を見つけたんだよ」

そう言って草間が机の上に置いてあった黒い革製のウエストバッグを差し出した。よっぽどお気に入りだったのか、かなりの年季の入り方だ。そう言えば、最後にレストランで一緒に食事をしたときも、亮次の腰に巻かれていた。

「一応、中身を確認してもらえるかな」

「はい。それじゃあ……」

父親の持ち物とはいえ、勝手に中を見るのは憚られたが、確認しないわけにはいかない。日菜多はウエストバッグの中身を机の上に出していった。

ハンドタオル。ポケットティッシュ。モバイルバッテリー。メモ帳。筆記用具。なんということもない物ばかりだ。だけどひとつだけ妙なものが入っていた。

どことなく宗教的な気配を感じさせる紫色の高級そうな布に包まれた、筆箱よりも一回りほど小さなものだ。亮次の持ち物としては不似合いな印象を持った。

「それ、なんだ？」

草間がのぞき込む。その横から友川も興味深そうに顔を近づけてくる。日菜多が代表して布の包みを開くと、桐の箱が現れた。

草間と友川に見つめられながら、日菜多はその箱を開けた。

「えっ……。これって髪の毛？」

桐の箱の中には綿のようなものが敷き詰められていて、その上に十センチほどの長さの髪の毛が数十本、束ねた状態で入れられていた。驚いたが、不気味な印象は受けない。なにか清浄なもののように感じられた。

「遺髪かな？」

そう言ったのは草間だった。その言葉を友川が引き継ぐ。

「あ、そう言えば、俺、柏原さんから聞いたことありますよ。奥さんが亡くなったとき、火葬してすべてを灰にしてしまうのがいやで、奥さんが本当にいた証を手元に置いておきたかったんだって。実物を見るのは初めてだけど」

これがお母さんの髪の毛……。

そんなものがあるとは一言も聞かされていなかった。おそらく比呂子の死をそこまで悲しんでいることを日菜多には秘密にしたかったのだろう。

日菜多は母の姿を実際に見たことはなかった。まるで目の前に母がいて、「大きくなったわね」と微笑んでくれているように思えた。

「あいつ……。いつも肌身離さず持ってたから、よっぽど大事なものが入ってるんだろうと思ってたけど、まさか倉沢の遺髪を持ち歩いてたとはな。だけど、最期の日に限って忘れていくなんて……。ほんとにあいつはどうしようもないドジだよ。倉沢も今頃天国で再会して、文句を言ってるんじゃないかな」

草間が涙ぐんでいる。比呂子の身体の一部を目にして、その存在が一気に頭の中に蘇ってきたようだ。

「もしも倉沢が今でも生きてたら、どんな仕事をしていたかってときどき考えるんだ。たぶん危険を顧みずに戦場ビデオ・ジャーナリストとかになって、戦争の悲惨さを世界に伝えるためにバリバリ取材をしてたんじゃないかな。すごく迫力のある映像を送ってきたりしてさ。倉沢がどんな年のとり方をするか見たかったな」

もしも比呂子が生きていたらという世界線の話をされると、日菜多はいたたまれない気持ちになってしまう。日菜多はじっと自分の足下を見つめていた。

そのとき、草間がしみじみと語る比呂子の実際には実現しなかった未来の話に被さるように、女の甲高い笑い声が響いた。

「アハハハハハハ……。比呂子は死んだんだ。あの女はもういないんだ。アハハハハハハハ……」

愉快でたまらないといったヒステリックなまでの笑い声。母の死を笑われて怒りの感情が日菜多の中に湧き上がる。いったい誰が笑っているのかと周囲を見回すと、フロアにいた全員が日菜多のことを見ていた。

驚いたような、あきれたような、非難するような目で、じっと日菜多を見つめている。

そして日菜多は気がついた。笑っているのは日菜多自身だった。さらに日菜多の口からは嘲りを含んだ言葉が溢れ出る。

「死んだんだ。あの女は死んだんだ。いい気味だ。私の家庭を壊そうとしたあの女はもう死んだんだ。死んだんだ。死んだんだ。死んだんだ。死んだんだ。アハハハハハハ……」

日菜多の身体がガクガク震える。笑い続ける口から涎が溢れ出て、顎を伝って滴り落ちる。それでも日菜多はまだ「死んだんだ」と繰り返し、笑い続ける。

そのとき、フロアの明かりが点滅し、デスクの上に置かれたすべてのパソコンの画面が一斉に変わった。映っているのは暗い画面——庭だ。暗い庭に土が大きく盛り上がっている。その中心の辺りが微かに動き、パラパラと土が崩れ落ちる。そこにカメラがズームアップしていく。

土の中から目がのぞいている。その目が瞬きした！

「な、なんなんだよ、これは！」

誰かが叫び、あちこちから女性スタッフの悲鳴が上がる。

その喧噪の中、日菜多はさらに笑い続ける。

すべてのパソコン画面には目がアップにされて、瞬きを繰り返している。

「おい！　その映像を見るな！　パソコンの電源を切れ！」

草間が叫び、フロアにいる全員が電源を切ろうとするが画面は消えない。

「アハハハハハハ……」

笑いすぎて呼吸ができない。苦しくて意識が飛んでしまいそうだ。それでも日菜多は腰を折り曲げ、身体をよじりながら笑い続ける。

「おい、やめろ！　笑うな！」

険しい顔つきの友川が叫びながら日菜多に飛びかかってきた。

殴られる！　と思ってぎゅっと目を閉じたが、次に日菜多が感じたのは拳の衝撃ではなく、逞しい腕での少し強すぎる抱擁だった。

「しっかりしろ！」

友川が耳元で叫ぶ。その声が鼓膜を震わせると同時に、ウォ――――ン！　と耳鳴りがした。

「放せ！」

自分の意思とは関係なく叫び声を発して、日菜多は友川を力いっぱい振り払う。後ろによろけた友川が、とっさに日菜多の首から下げられていたペンダントをつかんだ。

チェーンがちぎれて、深い緑色のパワーストーンが床に落ちる。その瞬間、パワーストーンは空気を入れすぎた風船が破裂するように砕け散った。近くにいたみんなが一斉に腕で目を庇った。

全身の力が一気に抜けて、日菜多は床の上に座り込んだ。

気がつくと笑い声は止んでいた。フロア中のパソコンの画面も、禍々しい目の映像は消えて、またもとのものに戻っている。ざわめきの中にも、平穏な空気が戻ってきていた。

砕け散ったパワーストーンと日菜多を交互に見ながら、草間が言う。

「日菜多ちゃん、あんた、なにを連れてきたんだ？　まさか、美雪がまた……」

あのちぎれた指から生えてきたという女。日菜多の母である比呂子を苦しめた女……。カケラになっても、この世をさまよい続けていた女……。その美雪が生き返った？　では、やはりあのバイク事故も……。

そのとき、いったん落ち着きかけていたフロアのあちこちから声が上がった。

「どうした？」

草間が訊ねると、みんなが口々に答える。

「土が……」「キーボードに……」「さっきの映像から……」

どうやらパソコン画面に映った小山が崩れたとき、画面の外まで土がこぼれ出たようだ。日菜多があの映像を見たときと同じように……。

友川が草間に向かって言う。

「すみません。このあと、予定があったのを忘れてました。俺たちはこれで失礼します。日菜多、行こう」

友川は机の上に置いてあった比呂子の遺髪と亮次の荷物をひったくるようにして手に持つと、日菜多の腕をつかんで出口へと向かった。

## 19

「ちょっと待って。痛い。手を放して」

東邦テレビのビルから出たところで、日菜多は友川の手を振り払った。

友川は日菜多の腕を力いっぱいつかんでいたことに初めて気がついたように、自分の手をまじまじと見てからあやまった。

「……ごめん。だけど、定年間際の草間さんに迷惑をかけちゃいけないと思ってさ」

「さっきの、なんだったの？　私、どうしちゃったの？」

死んだ母の話を聞いているときに、いきなり笑い出してしまった。でもあれは日菜多の意思ではなかった。

「車の中で話そう」

人が行き交うテレビ局の前では話せないといったふうに、駐車場に停めた車に乗り込んでから友川は口を開いた。

「さっき、フロア中のパソコン画面に映った映像を見たよな？」

「うん。あれはお母さんが撮影した美雪さんの映像だった」

「本当に比呂子さんが二十年前に撮影した映像なのかな？」

「どういうこと？」

「俺も一応、柏原さんのパソコンの中にあったあの庭の映像は観た。でも、少し違うような気がしたんだ」

「違うって、なにが？　私が見たのは、確かにあの映像だったよ」

「いや。俺が見た映像とは、盛り上がった土の背景が少し違ってた。柏原さんのパソコンに収められている映像は、バックはゴミを寄せ合わせて作ったような塀だった。でも、さっきの映像のバックはコンクリートの壁だ。庭のすぐ向こうになにか大きな建物が建ってるみたいだった」

「でも、私が見た映像はあれと同じ……」

日菜多の声は途中でかすれて消えた。違和感が頭の中で大きくなっていく。

「あっ……。確かに伊原さんの家に行ったときに見た庭はゴミでできたような塀に囲まれてたかも。でも、どうして私が見たときはあの庭だったの？」

「ひょっとしたら、日菜多が見たとき、もうすでに美雪の力の影響を受けてたんじゃねえか。それにさっきのあれ、ライブ映像じゃないかと思うんだ」

「……ライブ映像？　今もどこかで美雪さんが土の中で再生しつつあるってこと？」

「確信はないけど、可能性はあるんじゃないかな」

「そんなこと……」

でも否定することはできなかった。

カケラのときは他人の恨みを引き継いで復讐を果たしていたが、もしも美雪として再生してきたのであれば、そこには美雪自身の恨みがあるはずだ。

だとしたら、バイク事故を始め、これまで自分のまわりで起こっていた奇妙な出来事の説明がつく。

「それで私の口を使ってあんな言葉を発したってわけ？」

「それだけじゃない」

友川がいきなり覆い被さるようにして日菜多の左腕をつかんだ。

「痛い！　なにすんの？」

「腕を見せてみろ」

友川は日菜多の左袖をめくり上げた。白い肌に浮き上がった引っ掻き傷で書かれたような文字は、もうだいぶ消えかけていた。

「これだよ。こいつは柏原さんが念を飛ばしたわけじゃない。あの人にそんな力があるわけがなかったんだ。自分は凡人だっていつも嘆いてたぐらいなんだから」

「じゃあ、いったい誰が？　あっ、それじゃあ……」

日菜多の頭に浮かんだ考えを、友川が声に出して言う。

「美雪だよ。柏原さんは、危険だからパソコンの中身は見せられないって言ってたんだ。なのにそのパソコンのパスワードを日菜多に送ってくるなんて、やっぱり変だよ。このパスワードを送ってきたのは美雪だったんだよ。きっと、柏原さんが亡くなる直前に頭の中にあったパスワードをのぞき見たんだ」

「どうしてそんなことを？」

「日菜多にパソコンの中身を見せたかったんだよ。そして、自分の手となり足となり、なにかを調べさせたかったんじゃないか。美雪に取り憑かれたことで、なにか心当たりはないか？」

「取り憑くっていっても、私だって霊感なんて全然ないよ。これもお父さんのパソコンの中にあったテキストデータの言葉だけど、生き霊に取り憑かれるのは霊感のある人だって話でしょ？」

友川が考え込むように目を伏せて、ふと思いついたように言った。

「あっ、そうだ。確かに日菜多には霊感はないかもしれない。でも、パワーストーンを身につけていたら？」

「なに言ってんの。あれには魔除けの力があるんだよ」

「パワーストーンは確かにお守りになるけど、逆に不思議な力を引き寄せることもあるんじゃないか。魔除けっていうぐらいだから魔と戦うわけだろ？　パワーストーンのほうが力が強ければお守りになるけど、もしも魔のほうが強ければ逆に入り口になるかもしれないじゃないか」

「あっ……」

日菜多の頭の中に、亮次のパソコンで土の中で再生する途中の美雪の目を見たときのことが思い出された。あのとき、胸に衝撃が走り、首にかけたパワーストーンが熱くなっていた。

日菜多がそのことを話すと、友川が落ち着いた顔でうなずいた。

「たぶんそのときに憑依されたんだろう。確かにあの日、事務所を出て行く日菜多の様子は変だったし、帰ってきたときはすげえ顔色が悪くて、まるで廃人みたいだったしな。いっぱい寝たあとだって、ちょっとはマシって程度だったし……。さっきパワーストーンが破裂したのは、美雪の恨みの念が強くなりすぎて、あの小さな石の中には収まりきらなくなったのかも」

「じゃあ、美雪さんの目的はなに？　私に取り憑いて、なにをしようとしてたの？」

「日菜多があの日の映像を見たあとの行動を思い返してみれば、答えははっきりしてるよ。伊原直人を捜すためだ。いきなり事務所を飛び出して直人たちが暮らしていた家に行って、そのあと直人の今の居場所を捜して病院にまで行ってきたんだろ？　日菜多に、なんでそこまで一生懸命、直人を捜す必要があるんだ？」

「だけど、生き霊となって私に取り憑くぐらいの力があるなら、伊原さんの居場所ぐらいわかるんじゃないの？」

「意識があればその思念を頼って捜すこともできたのかもしれないけど、今の伊原直人は意識不明なんだろ？　だから自分では捜せないから日菜多を使ったんだ」

「じゃあ、やっぱり美雪さんはまた生き返ったの？」

「わからないけど、さっきの映像が本当に俺の思った通りライブだとしたら、美雪はまだ土の中だ。ということは、再生途中ってことになる。完全に生き返ったら……」

「完全に生き返ったら……？」

友川はなにも答えない。その程度のデリカシーはあるようだ。でも、友川がなにを考えているのかはわかる。日菜多が殺される。そう思っているのだ。

日菜多はぼんやり考える。

もしも比呂子が生きていたら、また美雪の生き霊につきまとわれなければならなかったはずだ。何度も生き返ってくる憎しみの化身……。でも、比呂子という標的がいなくなった今、美雪の恨みは日菜多に向けられるだろう。憎い女の娘なのだから。

それに、日菜多はもう殺されかけた。大切なバイクを廃車にされた。あのとき、日菜多がハンドルから手を離すのがほんの少し遅れていたら、一緒にコンクリートの壁に叩きつけられていたはずなのだ。

理不尽だとは思うが、死んだ人間が肉体のカケラから生き返ってくること以上に理不尽なことはない。

逃げていたら、いつかきっと捕まって殺される。バイク事故で日菜多が無傷だったのは、まだ美雪が復活しきれていなくて力が弱いからだというのなら、今ならなんとか立ち向かえるかもしれない。

「どうする？　もう一度、直人のところに行ってみるか？　なにか美雪につながるヒントがあるかもしれないからな」

「だけど意識はないよ」

「それでも、あのとんでもない悲劇を引き起こした張本人である直人に会ってみたい」

「わかった。行ってみよ」

日菜多がうなずくと、友川が車のエンジンをかけた。

## 20

「この病院か？　なんだか不気味な感じだな。まあ、夜だし、先入観のせいかな」

道路脇に停めた車から降りて、闇夜に暗くシルエットが浮かび上がっている病院を見上げた友川がつぶやいた。

病院の建物はかなり古いし、まわりは田んぼや畑が広がっていて東京では考えられないぐらい暗い。だけど、それだけではない。確かに一昨日来たときとは、明らかに異質な空気が漂っている。

面会時間どころか消灯時間も過ぎているため、すべての病室の明かりが消えている。一応、正面玄関を確認してみたが、自動ドアはロックされていた。

次に建物の横に回り、夜間通用口をそっと開けた。出入り口のすぐ横にある守衛室らしき部屋に明かりがついているが、こんな時間に面会を希望しても断られるのは決まっている。

「屈んでこっそり行こ」

日菜多は身体を低くして、受付の窓口の下を通り抜ける。そのあとを友川は四つん這いでついてくる。田舎の病院ということもあり、警備は手薄だ。難なく通過することができた。

あとは直人の病室まで行けばいい。部屋番号は覚えている。こっそりと階段を上って直人の病室へ向かった。

消灯されたあとの病院内は、非常灯の明かりでぼんやりと緑色に照らされている。

「やっぱり気味が悪いな。こんなところに忍び込むなんて、ひとりじゃ絶対に無理だよ」

友川が後ろでぶつぶつ言いながらついてくる。声に出していない自分の気持ちに同意してくれる人がいるということと、ひとりっきりではないということが心強い。それでも、その声が誰かに聞かれそうでハラハラする。

「シッ……。静かに。時間外なんだから不法侵入で捕まっちゃうよ」

日菜多が言うと、友川は手で口にチャックをするジェスチャーをした。あまりの馬鹿馬鹿しさに思わず笑ってしまいそうになり、ほんの少し恐怖心がやわらいだ。

直人の病室は遠い。本当に病棟の一番奥にある。この前来たときにも感じたが、禍を運んでくる存在を自分たちから遠ざけようとしているかのようだ。

階段を四階まで上り、薄暗い廊下の一番奥まで行き、扉に手をかけた。それをゆっくりと横に引き開ける。

いきなり不気味な生き物が飛び出してきそうで心臓が激しく鼓動を刻むが、もちろんそんなことはない。

病室の中は真っ暗だ。それでも廊下から差し込む非常灯の微かな光で中の様子はわかる。

室内にはベッドがふたつあるが、ひとつは空で、もうひとつに誰かが横になっている。ゆっくりとそちらに近づき、のぞき込む。直人だ。一昨日来たときとまったく同じ様子で目を閉じている。

この前は直人の顔を見たとたん心が揺れて涙が溢れてきたが、今はそんなことはない。やはりあのとき、日菜多は美雪に憑依されていたのだろう。

「お……おい。これ、死んでんじゃねえのか」

日菜多と並ぶようにしてのぞき込んだ友川が、直人の顔を見て怯えた様子でつぶやいた。骨と皮だけになった顔はミイラのようで、確かに死体にしか見えないが、それでも微かに呼吸をしているようだ。

「……生きてる。まだ生きてるよ。でも、なんとなく勢いでここまで来たけど、どうするつもりなの？」

「起こすんだよ。このおっさんは絶対に美雪に関係しているはずなんだから」

「でも、もう半年も意識がないって言ってたよ」

「それは聞いた。でも、なにかやり残したことがあるみたいに必死に生きてるんだろ？　だとしたら、それは美雪に関することに違いないんだからさ。起きてもらわなきゃ困るんだよ。おい、伊原さん、起きろ」

直人の耳元に顔を近づけて声をかけ、掛け布団の上から身体を軽く揺すった。それでも直人はまったく反応しない。

「やっぱりダメなんじゃないの」

「ちくしょう。なんだよ。目を覚ませよ。あんたの奥さんがまた——」

友川がそう腹立たしげに言った瞬間、眩しい光に呑み込まれて目の前が真っ白になった。

「そこでなにをしてるのッ？」

咎めるような女の声。日菜多と友川は身体を硬直させた。懐中電灯で照らされたのだとすぐに理解したが、暗闇に慣れていた目にその光は強烈すぎる。

日菜多は目の辺りを腕で庇いながら、光源に向かって言った。

「すみません。伊原さんのお見舞いに来たんですけど、もう面会時間が過ぎてたから断られると思って、勝手に入ってきてしまいました」

もしも誰かに見咎められたらそう答えようと準備してあった言葉を口にした。

「あら、あなた、こないだの……」

尖った硬い声が、不意にやわらかいものに変わった。その声は直人の担当看護師だという長谷川由香のものだ。

「やっぱり来たのね」

まるで日菜多が来るのがわかっていたかのように由香は言った。

「何度もすみません。近くまで来る用事があり、兄がどうしても叔父さんの顔を見たいって言うもので」

日菜多は横に立っている友川に目配せした。友川が慌てて話を合わせる。

「そうなんです。こいつが叔父さんの面会に行ったたって話を聞いて、俺も是非一目だけでもと思って……」

「それならそうと言ってくれればいいのに。あっ、ごめんなさい。眩しいわよね」

由香は懐中電灯の光を床に落とした。床からの照り返しの中に、由香の姿が浮かび上がる。

下から光を浴びた由香の顔を見て、日菜多は息を呑んだ。言葉とは裏腹に、一昨日会ったときとはまるで別人のように険しい顔をしている。

由香の目はすべてお見通しだと言っているように見える。でも、そのことで非難するつもりはないらしい。

「私は看護師だから患者さんを守らなきゃいけないの。それなのに、また病室に誰かがいるからびっくりしちゃったわ」

「また？　この前は私が来るまで誰も見舞いに来たことがないって話でしたけど、他に誰か来たんですか？」

由香は一瞬、返事に困ったように首を傾げてから続けた。

「ええ、……そうね。伊原さんの奥さんの古い知り合いだって高齢の男性が。大崎さんと言ってたわ。髪の毛は真っ白なんだけど、背筋がピンと伸びてて日焼けしてて、格好いい人だったわ」

「あいつだ」

友川が小声でつぶやいた。日菜多は慌てて友川の腕を肘で小突いた。あの男がここに来たのだ。美雪の古い知り合いだということにも驚いた。そんなところでつながるとは……。

でも、大崎という名前に覚えはない。亮次が残してくれたパソコンの中身はもうすでにすべて目を通したが、その中に大崎という名前は出てこなかった。

美雪の古い知り合いということなら、あの惨劇について調べた資料の中に名前があっても不思議ではないが、大して重要ではない人物なのか、それとも由香に嘘の名前を教えたのか……。

「大崎さんがいらしたときも、叔父は眠ったままだったんですよね？」

「そうね。今と同じ状態。だけど、なにか話しかけてたわ」

「なにを？　どんなことを話しかけてましたか？」

「私は看護師だから守秘義務があるのよ」

「すみません。でも、教えてもらえませんか。お願いします」

日菜多は頭を下げた。その横で友川も同じように頭を下げた。

「僕からもお願いします。大事なことなんです」

「しょうがないわね。それが耳元で囁く感じだったんで、あんまり聞こえなかったんだけど、最後に『生きろ。まだ死ぬな』って感じのことを言ってたかしら」

日菜多と友川は顔を見合わせた。

「……生きろ。まだ死ぬな、ですか……」

「どうしてあいつがそんなことを？」

そんなふたりを見る由香の様子が少し変だ。哀れんでいるような、心配しているような……、そんな目つきなのだ。なにか隠しているように感じる。

「他にも来たんですね？　その大崎さんという男性以外にも誰かが叔父に会いに」

日菜多は由香の目をじっと見つめながら訊ねた。

由香がふっと短く息を吐いた。

「そうなの。あなたがお見舞いに来た夜、女の人がこの病室に現れたの」

「現れたって……？」

「う～ん。人間じゃなかったから……。ちょうど今、あなたがいる辺りに立って、伊原さんの頬を優しく撫でながら『愛してる』って囁いてたの」

「……愛してる？　その女の人って、どんな人でしたか？」

「顔はすごい美人なんだけど、普通の姿じゃなかった。なんていうのかしら、なにか得体の知れない生き物から人間に変わる途中みたいな……。彼女、『私の夫を盗らないで』って言ってたわ」

「私の夫……？　それって叔父のことですよね？」

「たぶんそうだと思うけど、私は看護師で伊原さんの世話をしているだけだって言ったら納得してくれたみたいで、すーっと消えちゃったの。でも、あなたはまだ若くて可愛いから、気をつけたほうがいいわよ。女の嫉妬って、理屈なんか通用しないから」

やはりあのとき、すでに美雪は日菜多に取り憑いていたのだ。友川が言う通り、自分は直人の居場所を捜すことに利用されたのだと日菜多は確信した。

「ねえ、伊原さんのまわりで、いったいなにが起こってるの？　この人、もうずっと眠ってるだけなのに。こんなにまわりが騒がしかったら、伊原さん、困っちゃうわよね」

ベッドに近づき、のぞき込むようにして直人に声をかけると、由香はゆっくりと顔を上げた。微かに浮かんでいた口元の笑みがすっと消える。

「さあ、もうそろそろ帰ってちょうだい。面会時間どころか、消灯時間もとっくに過ぎてるのよ。こんなふうに病室に部外者を入れていることがバレたら、師長さんに叱られちゃうわ」

由香は急に態度を変えて、日菜多たちを病室から追い立てるようにして外に出すと、そのまま通用口まで案内してくれた。

「気をつけて帰ってね」

ドアが微かに軋みながら閉められる寸前にかけられたその言葉が、やけに重たく響いた。

## 21

通用口から出た日菜多と友川は、道端に停めた車に向かって歩きながら、今見聞きしたことを確認し合った。

「美雪の生き霊がここに現れた……。でも、まだ人間の形をしていなかったってことは、やっぱり再生途中ってことだ」

「じゃあ、あの土の中から美雪さんの目がのぞいている映像は、友川さんが言うとおりライブ映像だったってこと？」

「たぶんな」

「お父さんの記録によると、美雪さんを倒すには完全に再生して地上に出てくる前に肉体を滅ぼすしかない、ってことだったはず。それも昼間、美雪さんの力が充分に発揮できないときに……」

「だけど、比呂子さんたちは結局、美雪を倒すことはできなかったんだよな？」

「まあそうだけど……。一応、明日、あの家に行ってみる？」

そう言葉にするだけで恐ろしい。でも、友川の返事はあっけないものだった。

「日菜多は直人の家に行ったんだよな？　そのときの庭は荒れ放題で雑草がいっぱい生えてたんだろ？」

「うん、そう」

「それって、東邦テレビでパソコン画面に映し出された庭とは違うよな」

「あっ……そうだね。違う」

「だったらやっぱり、美雪はどこか違う場所にいるんだよ。そこに誰かが美雪の身体の一部を埋めて、生き返らせようとしているんだ」

「いったい誰が？」

「わからない。でも、普通の人間じゃないことだけは確かだ。なにか不思議な力を持ってなきゃ、美雪を生き返らせることはできないはずだから」

「でも、確実に美雪さんは蘇りつつある……」

そう言うと日菜多は足を止め、何気なく振り返った。背中に視線を感じたのだ。見上げると、病院のシルエットが巨大なモンスターのようにそびえ立っている。その一箇所が微かに動いた気がした。そこに視線が吸い寄せられる。

四階の一番端の窓に、街灯の光を微かに浴びた人影が見えた。あれは直人の病室のはずだ。そこから誰かがこちらを見ている。

由香か？　いや違う。由香は髪をひとつにまとめていたが、その人影の髪は胸の辺りまでの長さだ。

顔ははっきりとわからないが、じっとこちらを睨んでいるのを感じる。

「どうした？」

少し前を歩いていた友川が立ち止まり、訊ねる。

「あそこに誰かが……」

友川のほうを一瞬向いてから再び病室のほうに視線を向けたが、そこには誰もいなかった。最初からそうだったようにカーテンが閉ざされている。

「やっぱり美雪がいたのか？」

「どういうこと？」

「俺はもちろんなにも感じなかったけど、あの看護師さんの態度が急に変わったからさ。あの人、やっぱり視える人なんだよ。だから俺たちを慌てて追い返したんじゃないかな」

「じゃあ、さっき美雪さんがあの病室に……」

そう口にしたとたん、二の腕にさーっと鳥肌が立った。

## 22

事務所に戻ってきた日菜多はすぐにパソコンに向かった。

「おい、今日はもうやめといたほうがいいんじゃないか。疲れてるだろ?」

友川が柄にもなく優しいことを言う。

確かに東邦テレビで憑依されていた美雪を身体から追い出して、そのあと直人にも会いに行った。そこでまた美雪の気配を感じたし、いろいろあって疲れていた。

「でも気になることがあるの」

ハードディスクの中のファイル名を確認していく。文字化けしていたファイル名はすべて、中身を確認して修正してあった。だが、やはり見つからない。

「どうした? なにを捜してるんだ?」

「大崎って人のデータ。だって、美雪さんの古い知り合いがこのタイミングで伊原さんのお見舞いに行くのは、いくらなんでもタイミングがよすぎるでしょ？　それに、この事務所のまわりをうろついていた白髪の男とその人が同一人物だったら、今回のことに関係があるとしか思えないじゃない。それならお父さんがその人のことを調べてるはずだと思ったんだけど……」

何度確認しても、大崎という名前のついたファイルはない。

やはり大崎は美雪の蘇りとは関係ないのだろうか？　そう思い始めたときに、友川が急に大声を出した。

「ひょっとしたら」

「なに？　驚かせないでよ」

「おい、パソコン、もう一回見せてくれ」

友川は日菜多を押しのけて、パソコンを操作し始めた。

「どうしたの？」

「このパソコンの中に大崎のデータがないってことは、大崎は美雪にとって都合が悪い人間だってことなんだよ」

「言ってる意味がわからないよ」

「だから、日菜多は美雪に憑依されてたんだろ？　だったら自分に都合の悪いことは見られたくないはずだから、さっさとおまえに削除させたはずだ」

パソコンのゴミ箱を開くが、そこは空だ。そんなことはわかりきっているというふうに、友川はさらにパソコンを操作する。

「俺は引きこもってたあいだの一番の友達はパソコンだったからな。こういうのは少々詳しいんだ」

友川がパソコンを操作すると、一瞬画面が真っ黒になり、そこに今度は日菜多には理解不能な文字が大量に下から上へと勝手にスクロールされていく。

しばらくそうやってなにか作動していると、見慣れたハードディスク内の画面に変わった。

「ビンゴ！　なんか出てきたぞ！」

興奮した様子で友川が大声を出した。

「おい、見てみろ」

友川がパソコンの画面をこちらに向けた。フォルダー名は『大崎昭吾』となっている。

「日付と時間が出てるだろ。この時間にこのフォルダーを削除してるってことだ。この時間、日菜多が徹夜でパソコンの中身を確認してたよな?」

「うん、そう。でも、全部お父さんの大事なデータなんだから、私はファイルのひとつだって削除したりしてないよ」

「わかってるよ。美雪に操られて自分で気づかないうちに削除させられたってことだ。どうする? 俺が見てもいいのか?」

「ダメ。まずは私が見る。私の責任だもん」

日菜多はパソコン画面を自分のほうに向け、『大崎昭吾』と書かれたフォルダーを開いた。


亮次がまとめたテキストデータによると、大崎昭吾は今から四十年ほど前、市立中学の教師をしていた。担当科目は国語だったが、高校時代にテニスの国体で三位になった経験を活かしてテニス部の顧問を務める、いわゆる熱血教師で、生徒たちからは「正義マン」とあだ名をつけられていた。

そんな大崎が担任するクラスに、臼庭(うすば)美雪という女子生徒がいた。臼庭というのは伊原美雪の旧姓だ。〝古い知り合い〟というのは、教師と教え子の関係だったのだ。

ある日、大崎は逮捕されることになる。学校のグラウンドで自分の車を燃やすという異常行動のためだ。そのとき、大崎は美雪の母親、臼庭十和子を殺害したと自供した。ガソリンをかけて燃やしたというのだ。

ただし、十和子の死体は見つからなかった。ガソリンをかけて火をつけたところで、人間が跡形もなく燃え尽きてしまうことは考えられない。一応、焦げた地面の土を調べたが、やはり人間の骨の成分も検出されなかった。

そのため、大崎の妄想だろうと判断され、結局不起訴になった。

だが、十和子はその後も行方不明のままだ。

十和子の夫で美雪の父であった男は美雪が小学生になる前に事故で亡くなっていて、母ひとり子ひとりの母子家庭だった。

ひとり残された美雪は、亡き父親の兄夫婦の養子になった。そしてごく普通の少女として成長し、大学を卒業したあと、勤めたデザイン用品会社で伊原直人と知り合い、結婚することになる。

そのあいだも、十和子の行方は杳として知れないままだった。

美雪を残して失踪することは考えにくいため、十和子は本当に死んだ。そして、その死には、本人が言うのだから大崎が関係しているはずだ。

不思議な力を持った美雪の母親である十和子も、なんらかの力を持っていた可能性が高い。その十和子が死に、「彼女を殺した」と証言している人物がいる。

その証言が本当だとしたら、もしも美雪がカケラから生き返ってきたとしても対処する方法を大崎が知っているかもしれない。そう考えた亮次は大崎を捜した。

十和子を殺した容疑が不起訴になったあと、大崎は山奥で自給自足のような生活を送っていたようだ。だが、美雪が亡くなった数年後、その地から姿を消し、それ以降の行方はまったくわからない。

そのことも、美雪のあのおぞましい出来事と関係しているのではないかと亮次は考えていた。なんとしても見つけ出したいと思っていたようだが、結局、大崎の居場所はわからないままだった。

そこでテキストデータは終わっていた。最後に更新された日時を見ると、亮次が亡くなる数日前だった。亮次は大崎こそが実際に生き返ってきた美雪の憎しみから逃げきる最後の切り札だと考えていたのかもしれない。

フォルダーの中には画像ファイルもいくつか入っていた。

当時の新聞記事や、教員時代のスナップ写真をスキャンしたものが数枚あった。ジャージ姿でテニス部の指導をしている様子を写したものだ。

「これ、やっぱりあの人だよ」

日菜多はパソコン画面を見つめながら友川に言った。

そこに写っているのは、日菜多のまわりをうろついていた怪しい白髪の男の若い頃の姿だ。今はかなり年をとっていたが間違いない。

「俺が見たのも、この男だ」

友川が日菜多の肩越しに画面をのぞき込んで言った。

美雪の母親を〝殺した〟大崎なら、美雪に勝つ方法を知っているかもしれない。でも、それならなぜ、その大崎が日菜多のまわりを嗅ぎ回っていたのか？ その疑問を友川にぶつけてみた。

「ねえ、友川さん。大崎さんはどうして私を監視してたんだと思う？」

返事がない。何気なくそちらを見ると、友川の様子がおかしい。顔をしかめて、何度も生唾を呑み込んでいる。

「どうしたの？ 具合が悪いの？ 顔色も最悪。土気色っていうのかな。なんかすごいよ」

「なんだよ。自分が顔色が悪いって言われた仕返しか？」

友川はいつものようにとぼけてみせるが、その声に力はない。そう言えば、友川はもう何日もまともに眠っていないはずだ。

「ねえ、友川さん、少し寝たら。あのベッドを使ってもいいよ」

日菜多はパーティションのほうを目で示した。友川は初めて見せる弱々しい笑みを浮かべた。

「う〜ん。そうだな。テレビマンはタフだから一週間ぐらい寝なくても平気なんだって、柏原さんがいつも言ってたけど、俺はまだまだだな。確かに少し疲れが溜まってるみたいだ。でも、今夜は自分のアパートに帰って寝させてもらうよ。ついでに家で少し調べものもしたいんだ。ちょっと気になることがあってさ。じゃあ、また明日来るから、それまでにもしもなにかあったらすぐに電話をくれ。いつでも出られるようにスマホを枕元に置いて寝てるから」

「うん、わかった」

そう答えながらも、もしもなにかあったら、そのときは友川に電話をかけてもつながらないような気がする。直人の家に行った日に、日菜多への電話が通じなかったように。

事務所から出て行く友川の後ろ姿を見ながら、日菜多はそんなことを考えた。

## 23

結局、日菜多はなにごともなく朝を迎えることができた。それは美雪がまだ完全には蘇っていないということだ。でも、いつそのときがくるかわからないので、不安であることに変わりはない。

亮次がなにかヒントを残してくれているのではないかと、日菜多はもう一度パソコンの中を隈なく確認してみたが、特に新しい発見はなかった。

昼過ぎに事務所のドアを開ける気配がして、そちらを見ると友川が立っていた。

「どう？　ゆっくり寝られた」

「ああ、もう泥のように寝たから、元気満々だよ」

確かに顔色は昨日よりはかなりましだが、代わりに表情がすごく硬い。またなにか悪い報せを持ってきたようだ。そのことをなるべく軽く受け止めたくて、日菜多は明るい声で訊ねた。

「どうしたの？　真面目な顔しちゃって。悪い報せ？」

「う〜ん、どうだろう。悪い報せとも言えるし、いい報せとも言えるし。とりあえずこれを読んでみてくれよ。部屋の中を引っかき回して見つけてきたんだ。五年ぐらい前に文芸マーケットっていうコミケの小説版みたいなイベントで買ったものなんだけどさ」

そう言って友川が差し出したのは、コピー用紙を束ねて簡単に製本した薄い本だった。表紙には『死んでも殺してやる』というタイトルが書かれている。

何気なく受け取ったとたん、知らずに毛虫に触ってしまったようないやな感覚が身体を駆け抜けた。

「これがどうしたの？　小説なんでしょ？」

「まあいいから。ちょっと長いけど、読んでみてくれ」

真剣な目で見つめられると断れない。仕方なく、日菜多はその小冊子を読み始めた。

＊

河島佐織（19歳）は真面目な女子大生だった。両親は佐織が高校生のときに事故で亡くなっていたために、奨学金をもらい、足りない分はアルバイトをして補っていた。

バイト先もファミリーレストランのウエイトレスといった、女子大生がするアルバイトの定番だ。

ただ、不運だったのは、そのバイト先のオーナーの息子、柳田公一（26歳）が視察と称して店を訪れたときに、佐織を見て一目で気に入ったことだった。

大手飲食チェーンの将来の跡継ぎとして子供の頃から甘やかされて育っていた公一は、欲しいと思ったものはどんなことをしても手に入れる男だった。

プレゼント攻勢で佐織の気を惹き、立場を利用して研修と称して高級飲食店を連れ歩き、最後は無理やり酒を飲ませて泥酔させ、強引に男女の関係になった。

その頃には佐織は、自分をそれほどまでに求めてくれる公一を本気で好きになってしまっていた。

佐織の気持ちが自分に向けられると、逆に公一の気持ちは一気に冷めていった。公一はどんな女でも、一度自分のものになってしまうと興味を失ってしまう男だった。今度はまた他に女を見つけ、その女を落とすことに夢中になっていった。

その頃、佐織は自分の身体の変化に気づいた。妊娠していたのだ。そのことを佐織は公一に伝えた。

「赤ちゃんができたの。私、産みたい」

公一の気持ちがすでに他の女に向けられていることには気づいていた。それでも妊娠したと言えばきっと自分のところに戻ってきてくれると期待していた佐織だったが、現実は違った。

「ふざけんなよ。俺はまだ父親にはなりたくないんだ。これで堕ろしてこいよ」

公一は財布から一万円札の束を引き抜いて佐織に叩きつけると、そのまま立ち去ってしまった。

天から授かった命だ。自分の勝手な都合でなかったことにはできない。

きっと公一も赤ん坊の顔を見たら心変わりするだろう。父親としての愛情が湧き、自分の子供を愛してくれるはずだ。そう思って佐織は、ひとりで産むことに決めた。

そして、時は経ち、佐織のお腹はどんどん大きくなっていった。それに連れて佐織の中の母性はさらに強くなっていき、もしも公一が心変わりしてくれなくてもかまわない。自分ひとりででも育てていくと強く思うようになっていた。

「今日、駅の近くで見かけたんだけどさ、河島佐織がでかい腹を大事そうに抱えて歩いてたよ。あの娘、公一さんの元カノじゃなかった？　大丈夫なの？　腹の中に入ってるの、公一さんの子供だったりして」

佐織がバイトしていたファミリーレストランで同時期にバイトしていた今岡未久（20歳）が、ベッドの中で公一に言った。未久は公一が最近、自分のものにしたばかりの女だ。

佐織が妊娠している。ということは、あのとき公一の子供を堕ろさなかったということだ。しかも、大きな腹をしていたということは、もう中絶するのは無理だろう。佐織の狙いはわかる。公一と結婚して、飲食チェーンのオーナー一族に潜り込もうというのだ。

でも、そんなことは公一の父親が許さないだろう。独裁者であるあの人は、公一の嫁も自分が決めなければ気が済まないはずだ。

それはきっと政治家か資産家の娘だろう。別に自分はそれで構わない。結婚しても家の外で女遊びを続ければいいだけだ。

ただし、その遊び相手に子供ができたとなると話は別だ。財産分与を主張されたりしたら、自分だけの問題ではなくなる。

父親は怒り狂い、間違いなく公一は勘当されてしまう。そして将来の社長の座は、なんでもそつなくこなし、父親の覚えめでたき弟に奪われてしまうだろう。

そんなことは許せない。

佐織に関する情報を得てきたことを褒めてもらいたい、といった得意げな顔をしている未久に腹が立つ。

「俺の子供のわけねえだろうが。おまえ、ほんとにバカだな。昔のテレビって、映りが悪いと叩いて直したんだってよ。おまえの頭が悪いのを俺が直してやろうか」

公一は平手で未久の頭を叩いた。

「痛い、やめてよ」

未久がいやがると、公一は興奮した。根っからのいじめっ子なのだ。公一は平手で未久の頭を叩くのには飽き足らず、髪の毛をつかんでベッドから引きずり下ろし、何度も蹴りつけた。

「おい、あやまれよ。俺を苛つかせたことを土下座してあやまれよ」

「痛い！　痛い！　ごめんなさい！　許して！　ごめんなさい！」

泣きながら土下座する未久を見下ろしていると、嗜虐欲が満たされるのと同時に自分の言いつけを破った佐織に対する怒りの感情が沸き返る。

「あの女、絶対に許さねえ」

翌日、公一は佐織のアパートに向かった。薄いドアをノックして「俺だ」と声をかけると、すぐにドアが開けられた。

「公一さん……？」

佐織が不安げな顔を見せた。公一がどういう用件で訪ねてきたのかわからなくて困惑している様子だ。その腹は公一の想像以上に大きくふくらんでいた。

「佐織、ごめんよ」

公一はいきなり佐織を抱きしめて、耳元で何度もあやまった。そして身体を離し、佐織のふくらんだお腹に優しく触りながら言う。

「おまえのお腹の中にいるのは、あのときの俺の子だよな？　実は俺、おまえに赤ん坊を堕ろせって言ったことをずっと後悔してたんだ。ありがとう、堕ろさないでいてくれて」

それまで公一の訪問の理由がわからずに不安そうだった佐織の顔に、ほっとした笑みが浮かんだ。と同時に、瞳に涙が溜まり、すぐに頰を流れ落ちた。

「公一さん、私、すごくうれしい」

「おい、泣くなよ。ますます申し訳なくなっちゃうじゃないか」

公一はハンカチで佐織の涙を拭いてやった。涙よりも腹の大きさが気になる。

「予定日はいつだ？」

「一週間後」

「もうすぐじゃないか。じゃあ、急いだほうがいいな」

「急ぐ？」

「ああ、そうだ。生まれてくる子供のためにも、結婚っていう形できちんとケジメをつけたいんだ。今から親父とおふくろに紹介するから準備してくれ」

「えっ、今から？」

「一分でも早く、両親に紹介したいんだ。お腹の子供と一緒にさ。両親の承諾を得て、すぐに入籍しよう。結婚式は子供が生まれてからだ。三人で教会で式を挙げよう。初孫だから、親父もおふくろもよろこぶぞ。生まれたら、きっと孫にでれでれのお祖父ちゃんとお祖母ちゃんになっちゃうんだろうな。さあ、早く準備しろよ」

佐織に着替えを急かし、化粧もほどほどの状態で助手席に乗せて、公一は車を発進させた。

佐織は急に公一の両親に会うことになってそわそわしている。

「いきなりこんなお腹で現れたらびっくりしないかな？」

「そんな心配はいらないよ」

そう。心配はいらない。おまえは俺の親には会えないんだから。公一は心の中でつぶやきながらアクセルを踏みつけた。

車はどんどん都心から離れていく。そのことに佐織は気づかない。これから愛する男の両親に会うことに対する緊張と期待と不安で頭がいっぱいなのだ。

事前に連絡することなくいきなり佐織に会いに行ったのは、電話やメールで自分の痕跡を残したくなかったからだ。そして、そのますぐに連れ出したのも、誰かにプロポーズのことを話す時間を与えないためだ。

計画通り、佐織がいなくなったことと公一を結びつけるものはなにもない。

「ずいぶん遠いのね。公一さんの家って港区じゃなかった？」

ようやく異変に気づいた佐織が窓の外を見ながら言った。窓の外は暗い。もうまわりに民家はない。道の左右にあるのは木々の影だけだ。

「うん。両親は今、別荘にいるんだ。もうすぐ着くから、どういうふうに挨拶をするか考えておいてくれよ」

公一が言うと、佐織は「うん、わかった」と幸福な未来への空想の中に埋没していく。

さらに数十分走ってから、公一はようやく車を停めた。目の前には、積み上げられた産業廃棄物が月明かりに照らされている。

「さあ、着いたぞ。降りろ」

「でも……。こんなところに公一さんの別荘があるの？」

「ああ？　別荘はあるけど俺のじゃねえよ。佐織、おまえのだ」

「……私の別荘？」

不思議そうに見つめる佐織の顔に恐怖の色が浮かんでくる。すべてを理解した佐織がドアを開けて外に飛び出す。走って逃げるが、臨月の妊婦だ。その動きは滑稽なほど遅い。

公一もドアを開けて外に出て、佐織を追いかけた。

「おい。逃げんなよ。遠くに行かれると、あとでこっちまで運ぶのが大変なんだよ！」

そう叫びながら公一が背後から背中に跳び蹴りをすると、佐織は地面に勢いよく倒れ込んだ。その拍子に頭を大きな石にぶつけて額が割れ、血が流れ出る。

そんな佐織の足首をつかんで、公一はまた車のほうへ向かう。

「やめて……赤ちゃんが……赤ちゃんが……」

佐織は朦朧とした状態で、お腹の赤ん坊を庇ってとっさに仰向けになった。公一は構わず佐織を引きずっていく。

そこは公一の知人がやっている不法投棄の現場だ。二束三文で購入した山奥の土地に大きな穴を掘り、有料で引き受けた産業廃棄物を放り込んで埋めてしまうのだ。いったん埋めてしまえば、今後数十年は掘り返されることはない。そこに死体を放り込んでしまえば、絶対に足はつかないはずだった。

臨月の妊婦を引きずっていくのはけっこうな重労働だ。公一は佐織を穴の際まで運ぶと、息を荒くしながら言った。

「おまえが俺の言う通りにガキを堕ろさなかったのが悪いんだからな。あの世で反省しろよ。ほら、とどめだ！」

公一は大きな石を両手で拾い上げて、それを佐織の頭に叩きつけた。頭蓋骨が砕ける感触が公一の手に伝わった。

佐織はもう悲鳴を上げることもなく、呻き声を少しもらしただけで、ぴくりとも動かなくなった。

「死にやがった……」

これでもう大丈夫だ。公一は佐織を穴の中へ蹴落とした。

数メートル下の廃材の中に転げ落ちていった佐織が、仰向けの状態で止まった。その様子が月明かりで照らされている。

上から土をかけて、さらにコンクリート片などの廃材をいくつか落とし、死体が見えないようにすると、公一はさっさとその場をあとにした。

明日になれば、さらに大量の産業廃棄物が投棄され、佐織の死体が見つかることはないだろう。

これでもう、すべてが終わったはずだった。

だが、終わってはいなかった——。


佐織は穴の底で、まだ生きていた。

頭の傷から血がドクドクと溢れ出て、佐織はその血溜まりの中で溺れてしまいそうだ。

必死に身体を起こそうとしたが、ぴくりとも動かない。身体の上に載った瓦礫の重さのせいではない。頭を強く殴られて、神経の伝達経路が壊れてしまったようだ。

悔しい……。このまま死んでしまうのは悔しすぎる。それに、お腹の子供……。出産予定日までもう少しだというのに、この世に生まれてくることなく、このまま一緒に死ぬことになるなんて……。

「憎い……。あの男が憎い……。許さない……絶対に許さない……」

薄れゆく意識の中で佐織は恨みの言葉を繰り返し続けた。

その声に反応するように動く物があった。小指の先ぐらいの大きさの虫のようものが、血溜まりの中を移動してくる。

それは、ついさっきまではカラカラに干からびた木片のようなものだったが、佐織の血を吸って瑞々しい肉片として蘇ったのだった。

佐織は知らなかったが、それはカケラ女と呼ばれるものだ。恨みを残して死んでいく女に寄生して、宿主を生き返らせ、復讐を果たさせる。恨みの化身のような存在だった。

意識が薄れていく。佐織は徐々に死んでいく。もうダメだ……。そのとき、額の傷口からカケラ女が入ってくるムズムズするような感覚があった。それが佐織が感じた、生前の最後の経験だった。

完全に死んだ瞬間、身体に力が湧き上がってきた。土と廃材をはね除けるようにして、佐織は上体を起こした。

「憎い……。殺してやる。悔しい……。あの男を殺してやる。憎い……。」

なにが起こったのかわからなかったが、湧き上がる憎悪と復讐心が身体の中に満ち溢れていた。

大きな腹を手で庇いながら穴の底から這い出し、復讐のために公一のもとに向かおうとしたとき、真っ黒だった闇が徐々に白み始めた。

夜明けだ。すぐに日が昇り、辺りを照らし始める。その日差しは眩しすぎ、熱すぎて佐織の肌が焼け焦げてしまう。

自分はもう明るい場所にはいられないのだということを悟った。でも、悲しくはなかった。今の佐織の心は憎い男に復讐することだけで占められていたのだ。

佐織は森の中の倒木の陰に身を隠した。そして夜になると森から出て、山道を歩き始めた。

疲れはまったく感じない。だが、すでに一度死んでカケラ女によって無理やり生かされている身体はすぐに腐敗し始めた。

血と泥で汚れた異常な風体だったが、途中、人目を避ける必要はなかった。なぜだかみんな佐織の存在が目に入らないようなのだ。

それは自分の体内に入り込んできたカケラ女の力なのか、それとも見たくないものは見えないという人間の心の仕組みのせいなのかはわからない。

ただ、腐敗臭まで感じないようにすることはできないらしく、ときどきすれ違った人が口元を覆って辺りをきょろきょろと見回すことがあった。

肉体が完全にダメになる前に復讐を果たしたい一心で佐織は夜道を歩き続けたが、公一のマンションの近くまで来るのに一週間もかかってしまった。そのあいだに、佐織の肉体はもう朽ち果てかけていた。

タワーマンションが建ち並ぶその辺りは、窓には明かりがいくつも点き、大勢の人が住んでいるはずなのに、人の気配はまったくない。コンクリートの荒野のようだ。

佐織がその荒野の中、公一が暮らすタワーマンションの前でじっと待ち続けていると、公一が出てくるのがわかった。それは獣が獲物の気配を感じ取るようなものだった。

そしてすぐに、地下駐車場の出入り口から公一の車が地上に出てきた。そのまま道路に出て加速し始めたその前に、佐織は飛び出した。撥ね飛ばされて地面を転がる。

驚いて急ブレーキをかけ、車から飛び出してきた公一は、道路に横たわる佐織を見て息を呑んで立ち尽くした。

「……どうして佐織がここに？」

そこにいるのは自分が殺した女。そして、半分腐りかけた妊婦なのだから、その驚きは当然だ。

だが、公一はさらに驚くことになる。見るからに死体である佐織の目が開き、紐かなにかで引っ張り上げられたような不自然な動きで、目の前に勢いよく立ち上がったのだ。

「憎い……。私を裏切ったあなたが憎い……」

佐織の口からこぼれ出る声は、ひび割れて不明瞭だが、公一にははっきり聞こえたらしい。

「な、なんなんだよ、おまえ！　俺は知らねえよ」

とっさに逃げようとした公一に、佐織はしがみついた。背中に腕を回して、きつく抱きしめる。かつてした愛情の表現と形は似ていても、心は違う。佐織は公一の首筋に舌を這わせた。

「うっ……やめろ……放せ……やめてくれ！」

公一は佐織をなんとか振り払おうとしたが、その力は普通の女のものではない。肋骨がメキメキと音を立てて軋む。佐織は公一の首筋に歯を立てる。そのままガリッと音がするほど強く嚙むと、いきなり噴水のように真っ赤な血が噴き出した。

それを顔面に浴びながら、佐織は公一の首の肉を嚙みちぎる。

一瞬で体内の血液のほとんどを失った公一は、気絶するよりも先に命を落とした。

抱きしめた身体が急に重く感じられた。腕を放すと、公一は重い音を立ててその場に倒れ込んだ。返り血を全身に浴びたまま、佐織は公一を見下ろした。

復讐を果たしたが、よろこびの感情は湧いてこない。ただ虚しさだけがあった。

不意に腹部を痛みが襲い、佐織はその場にしゃがみ込んだ。車に撥ねられてもまったく痛みを感じなかったというのに……。

強烈な痛みに、佐織はのたうち回る。それが陣痛だと気づくまでに、それほど時間はかからなかった。

「こんなになっても、あなたはまだ生きてるのね」

佐織は自分の腹の中で暴れる赤ん坊に囁きかけた。

いきなり大粒の雨が降り始めた。その雨は、卑怯な男の血を洗い流してくれる。雨はさらに強さを増し、辺りを白く煙らせ、佐織の呻き声を打ち消してしまう。

断続的に襲ってくる痛み……。それが徐々に強烈になっていく。と、その痛みが不意に消えた。佐織はおそるおそる自分の下腹部へ手を伸ばした。温かくて、やわらかくて、ぬるぬるしたものが指先に触れた。

「赤ちゃん……私の赤ちゃん……」

倒れたまま佐織は赤ん坊を抱き寄せるが、血と羊水にまみれたそれはぐったりとして動かない。

佐織の肉体ももう限界だった。赤ん坊を抱きしめている佐織の額に、それまで閉じていた傷口がぱっくりと開いた。あの日、公一に石で叩き割られた傷だ。

その傷口から小さな肉片が、まるで軟体動物のような動きで這い出してきて、雨水と一緒に排水溝に流されていった。

それはカケラ女だ。そして、カケラ女が身体から出て行った佐織は、今ようやく単なる死体へと変貌した。

そのとき、それまで死産児のようにまったく動かなかった赤ん坊が、母親から命のバトンを渡されたようにいきなり産声を上げた。

泣き声が辺りに響き渡る。

激しい雨に負けないぐらいの大きな泣き声に、たまたま通りがかった人が気づいて駆け寄ってきた。その場の惨状を見て、思わずつぶやく。

「な……なんだ？　これ、どうなってるんだ？」

泣いている赤ん坊の横には、ふたつの死体が転がっていた――。

＊

小説はそこで終わっていた。最後まで読み終えた日菜多が顔を上げると、友川と目が合った。今までに見たことがないぐらい怖い顔をしている。

「これがなんなの？　小説……フィクションなんでしょ？　カケラ女の都市伝説を小説化したものなんでしょ？」

なぜだか日菜多の声はすがるような響きを伴ってしまう。それなのに友川は首を横に振ってみせる。

「俺もそう思ってたんだけど、どうやら違うみたいなんだ。俺、数年前にこれを読んだとき、興味を持って、この作者の勢東誆介って人にメールで連絡を取ってみたんだ。そしたらどうやら警察関係者で、実際に起こった事件の捜査資料をもとに小説仕立てにして発表してみたらしいんだ。警察は、痴情のもつれからのごく普通の殺人事件として処理してて、そのことに疑問を持ったから真実を世に広めたくて実名で書いたって。だけど、ネットだと反響が大きすぎるから、とりあえず文芸マーケットに出品して反響を見てみたらしい。けっこう弱気だなって思うけど、それでもすぐに警察上層部に知られて、後に懲戒免職になったみたいなんだ」

「ねえ、なんの話をしてるの？　カケラ女の事件だったら、お父さんのパソコンの中にもいっぱい資料があるよ。その中になかったんだから、そんなに重要なことじゃないんじゃないの？」

「柏原さんの集めた資料の中になかったのは、マイナーすぎてアンテナに引っかからなかったんだと思う。実はこの勢東詛介って人、これを書いたあともひとりでこの事件の後追い取材みたいなこともしてて、そのときに生まれた女の子は佐織の姉夫婦に引き取られたらしいんだけど……」

友川がもったいぶるように息を整える。

「今は六歳になってるはずのその子は、乃愛って名付けられたんだ。しかも、腐った母胎から生まれたからか、額に大きな痣があるらしい。どうだ？　日菜多が見た女の子の額には痣があったか？」

心臓が締めつけられるような苦しさに襲われた。それでも日菜多は声を絞り出す。

「……うん。あった。でもまさか……。それじゃあ、乃愛ちゃんは？」

「寄生されていた状態で生まれたわけだから、佐織の子供であると同時に、カケラ女の……いや、美雪の子供だとも言えるだろうな。だから乃愛が美雪の不思議な力を引き継いでいてもおかしくはない。あの春翔と同じような力を……」

土の中からこちらを睨みつけている美雪の目の映像が頭に浮かんできた。今、美雪を生き返らせようとしているのは、あの可愛らしい女の子……。

乃愛が美雪を生き返らせようとしている！

## 24

暗い。なにも見えない。日菜多は温かなものに包まれていた。

まわりが騒がしい。誰かが「心拍が停止した！」と叫んだ。意味はわからないが、なんだかよくないことが起こっているようだ。

「仕方ない。帝王切開の準備。なんとしても子供だけは助けるぞ」

自分を包み込んでいた温かいものの温度が急激に下がっていくのがわかる。ドクンドクンとずっと聞こえていた心地好い音はもう聞こえない。

悲しい……。悲しくてたまらない。

いきなり目の前が明るくなった。と思うと、薄いゴム製の手袋をはめた手が日菜多をつかみ上げる。いやだ。外に出たくない。ずっとお母さんの子宮の中にいたい！

そんな思いを伝えるように、日菜多は大きな声で泣き叫んだ。

だがそれは、赤ん坊の産声になってしまう。

まわりを取り囲んだ人たちが一斉に安堵の息を吐くのがわかった。だがそこに祝福の言葉や拍手や笑い声はない。

日菜多は手術台の上に横たわる女を見下ろした。

生まれたばかりで目が見えるわけがないのに、はっきりと見えた。

酸素マスクをつけられていても、その顔の白さが異常だとわかる比呂子。彼女の切り裂かれた腹の中は空っぽだ。

死んでいる。その死体にすがりつくようにして、妻を亡くした悲しみに泣きじゃくる亮次の姿があった。

みんな暗い顔をしている。日菜多の誕生を祝う人はいない。

「お母さん！　息をして！　私を抱きしめて笑って！　お母さん！　お母さん！」

「おんなじだね」

声がした。そちらを見ると、乃愛が立っている。

「おんなじだね。乃愛ちゃんとおんなじだね。お姉ちゃんも、死んだママから生まれたんだね」

「いや！　やめて！」

日菜多は叫びながら、勢いよく身体を起こした。そこは父が使っていた事務所のソファーの上だった。いつの間にか眠っていて、夢を見ていたようだ。

昨日、友川に妙な小説を読まされた。乃愛の出生の秘密が書かれた小説だ。乃愛は美雪の子供に違いない。それなら今、美雪を生き返らせようとしているのは乃愛だ。見つけなければ。美雪が完全に生き返る前に乃愛を見つけて、そんなことはやめさせなければ。

そう思い、小説を読み終えるとすぐに、日菜多は友川と一緒に商店街の近くを捜し回ってみた。小さな女の子がひとりでリンゴを買いに来られる距離のところに住んでいるはずだと考えたのだ。

見つけることは怖かった。それでも美雪の呪いから逃げきるには、完全に再生する前の生身の身体を滅ぼすしかないのだ。

そう思ってさんざん捜し回ったが、乃愛の姿はどこにもなかった。商店街の人にも乃愛のことを訊ねて回ったが、誰も彼女を知らなかった。リンゴを買った果物屋の店員まで、乃愛のことを覚えていないというのだ。

ひょっとして、そこには美雪の不思議な力が働いているのではないか？　そう思い始めたときには、もう日が暮れかけていた。

夜は美雪の時間だ。とりあえず捜すのはいったんやめて、事務所に戻ってきたのだった。

そんなことがあったために、変な夢を見ただけだ。

いやな気分を打ち消したくて、日菜多は手で額を押さえて頭を振った。

そのとき、横に誰かが立っている気配がした。と同時に、腐敗臭のようないやな匂いが鼻孔を刺激した。

何気なくそちらを見ると、美雪が全裸で立っていた。全身がぬるついた液体にまみれている。

驚いて立ち上がり、日菜多は後ろによろけた。振り返って、ふんぞり返るように椅子に座ってパソコンを操作している友川の名前を呼んだ。

「友川さん！」

反応はない。

よく見ると、日菜多と友川のあいだには、歪んだガラスのような透明な膜があった。すぐ近くにいるのに声も届かないし、こちらの気配も感じないようだ。

これは夢の続きなのだろうか？　でも、部屋の中に漂ういやな匂いがリアルで、さっきの夢とは明らかに違う。

日菜多はもう一度、美雪のほうを見た。長い髪、白い肌。切れ長の瞳。少し冷たい印象のする薄い唇。目の前に立っている美雪は、パソコンに収められていた二十年前の伊原家の家族写真の容姿、そのままだ。いや、少しだけ違う。

由香が言っていた、「なにか得体の知れない生き物から人間に変わる途中」という言葉がしっくりくる。

それに、よく見ると美雪の身体は、電波状態の悪い映像のようにときどき歪んだりかすれたりする。これは生き霊だ。

日菜多の母親である比呂子は美雪の生き霊に苦しめられ、二十代の貴重な一年間を精神病院で過ごさなければいけなかったのだ。恐怖の感情はあったが、そのことを思うと、同時に怒りも湧いてくる。

「なに？　私になんの用？　私を殺すの？　あなたの家庭を壊した女の娘だから憎くて殺すの？」

日菜多が挑むように言うと、美雪は首を横に振った。長い髪が靡き、湿った土が足下にボタボタと落ちた。

日菜多を見つめて、低くひび割れた声で美雪が言う。

「おまえの母親を生き返らせてやろうか？」

「な……なにを言うの？　そんなこと……」

思いがけない提案に、日菜多の声はかすれ、途中で消えてしまう。

カタカタカタ……。カタカタカタ……。カタカタカタ……。

ソファーの横のテーブルの上で、微かに音がする。

美雪のことを気にしながら横目でそちらを見ると、それはどうやら比呂子の遺髪を入れた桐の小箱が振動している音のようだ。

友川はそのことにも気づかずに、パソコンに向かい続けている。

箱の振動が激しくなっていく。と思うと、内側に高まっていくエネルギーに跳ね上げられるようにして、ひとりでに蓋が外れた。

箱の中には日菜多の母――比呂子の遺髪が入っている。黒い髪の毛の束が、まるで生き物のようにもぞもぞと動いている。

「どうだ？　生き返らせたいだろう？　おまえの父親も比呂子をいつか生き返らせたいと思っていたんだ。だからそうやって遺髪を大事に残しておいたんだ」

「お父さんがそんなことを考えてたわけがない！」

そう叫びながらも、日菜多は心が揺れてしまう。

亮次はちぎれた指から生えてきた美雪のことをよく知っていたはずだ。それなのに比呂子の身体の一部――髪の毛を残しておいたということは、愛する妻を生き返らせたいという思いが心のどこかにあったのではないか。

日菜多がそう思った瞬間、目の前に情景が浮かんできた。

事務所の床に置かれた棺桶の中に比呂子が横たわっている。それを涙に濡れた顔でのぞき込む亮次の姿。亮次は周囲を気にしながら棺の中に手を伸ばす。その手にはハサミが握られている。比呂子の髪をひとつかみ、こっそり切り取る。

ザクリ、という音が聞こえた気がした。

そのとき、亮次がハッとしたようにこちらを見た。日菜多と目が合う。涙に濡れた顔には、禁断の行為に手を染めてしまった後ろめたさがあった。

「お父さん……嘘だよね？　そんなことは考えてないよね？」

声をかけると、亮次の姿は風に溶けるように消えてしまった。

日菜多の心の揺れを、美雪の言葉がさらに大きくする。

「比呂子はおまえのために死んだんだろ？　いいや。おまえが殺したんだろ？　それでもおまえは平気なのか？　生き返らせたいだろ？　愛する母親を死んだままにしていいのか？　さあ、祈れ。お母さん、生き返って！　と祈れ」

いやだ……。そんなことはしたくない。でも、もしもほんとにお母さんが生き返るなら……。混乱する日菜多を見て、美雪は唇に不吉な笑みを浮かべた。

と同時に、美雪の姿が禍々しく変わっていく。黒目が白く濁り、肌が青白く変わっていき、全身が腐り始める……。それが今の美雪の本当の姿なのだ。

「ほら、生き返れ、比呂子！　おまえの娘が会いたがってるぞ！」

美雪がそう叫ぶと、机の上に置かれた小さな桐箱の中で、比呂子の遺髪がどろどろに溶けていく。

日菜多が驚いて見つめているうちに、それがひとつの黒い塊になり、胎児のような形になった。

「いやっ」

日菜多が桐の箱を払い落とすと、真っ黒なそれは床の上で、本物の胎児が子宮の中で成長していく様子を早送りにしたかのように、急激なスピードで成長していく。

それは赤ん坊になり、子供になり、そして大人の女性ぐらいの大きさになった。それでも身体は真っ黒で、美しい髪の毛のように艶やかに光っている。

「もう少しだぞ、日菜多。祈れ！　おまえの母親の復活を祈れ！」

美雪の声が響く。

うずくまっている真っ黒な人のようなものから、日菜多は目が離せない。それがゆっくりと立ち上がる。背の高さは小柄な日菜多と同じぐらいだ。

次の瞬間、全身を覆っていた黒い皮膜がパチンと弾けるようにして、その下から白く瑞々しい肌をした女が現れた。まるで生まれたてみたいに全身が羊水のような粘液にまみれた女……。

それは……写真や映像の中でしか見たことがない自分の母親――比呂子だった。

「……日菜多？　会いたかったわ」

比呂子が優しく微笑む。

「お母さん……」

日菜多は比呂子に抱きつきたい思いに駆られた。小さな子供のように母親にしがみついて、頭を撫でてもらいたい。一度も経験したことがない、その感触を今、味わいたい。

「ごめんね、お母さん、私のことを恨んでるでしょ？」

「バカね。そんなわけないでしょ。あなたは私の大切な子供なんだもの。さあ、こっちへいらっしゃい。あなたを抱きしめさせて」

比呂子が両腕をひろげてみせる。母の胸に飛び込みたい。

よろけるように比呂子に向かって一歩足を踏み出した日菜多は、身体の動きを止めた。そのまま全身に力を込めて、願望に抵抗する。

「……違う」

日菜多は声を絞り出した。比呂子の顔が不愉快そうに歪む。美雪と同じように黒目が白く濁ったと思うと、肌に水ぶくれができて、顔が崩れていく。

日菜多はさらに続けた。

「違う。こんなのがお母さんのはずがない。髪の毛が溶けて、そこから再生したのがお母さんであるわけがないじゃない！　こんなの偽物よ！」

日菜多が叫び、なぎ払うように腕を横に振ると、比呂子は粉々になって崩れ落ちた。足下を見ると、そこには比呂子の遺髪が散らばっていた。

「バカな女だ。これでおまえはもう一生、母親には会えない。おまえが選んだことだ。後悔すればいい。アハハハハ……」

美雪の甲高い笑い声が響いた。

「あんたには関係ない！」

日菜多は美雪のほうを向いて怒鳴った。だが、そこには美雪の姿はなく、笑い声の余韻が残っているだけだった。

「おい、どうした？　なにかあったのか？」

パソコンに向かっていた友川が、ぎょっとした様子でこちらを見ている。ふたりのあいだにあった歪んだガラスのような薄い膜は消えていた。

全身から力が抜けて、日菜多はその場にすとんと座り込んだ。友川を見上げながら、なんとか声を絞り出す。

「美雪さんが現れたの」

「マジか！」

友川が慌てて立ち上がり、事務所の中を見回した。そんな友川に日菜多がぽつりと言う。

「もう消えちゃったよ」

ほっとしたように息を吐き、友川は苦々しげに顔をしかめた。

「ごめん。全然気がつかなかったよ。日菜多を守るって言ったのに……」

「しょうがないよ。私と友川さんのあいだには、美雪さんが作った透明な壁があったんだもん」

「それで美雪はなにしに現れたんだ？」

「美雪さんは、この遺髪から私のお母さんを生き返らせてやるって……」

日菜多は床に視線を落とした。そこには比呂子の遺髪が散らばっていた。荒唐無稽な話だったが、友川は信じてくれた。

「まさか日菜多、おまえ……」

「そんなことするわけないでしょ。遺髪から再生したものがお母さんのわけがないもん」

日菜多は比呂子の髪の毛を一本ずつ拾い集めながら、自分に言い聞かせるようにつぶやいた。

「美雪さんは私をからかっただけだよ。ううん、試したのかも。でもこれだけは言える。美雪さんが私のお母さんを生き返らせるなんて、頼まれたってするわけがないって」

そう言いながらも、優しい母が本当にこの遺髪から蘇ってくるのなら……と考えないではいられない。

その申し出を拒否したことに、取り返しのつかないことをしてしまった思いと、自分は正しいことをしたのだという誇らしい思いが入り交じる。

だけど、もしも本当にあんなふうにして生き返ってきたとしたら、そのあとにはさらに大きな悲劇が待っているだけだ。美雪が二十年前に起こし、今また現在進行形で起こそうとしているような悲劇が……。

遺髪を一本残らず拾い上げて、またもとのように桐の箱に収めると、日菜多は友川のほうを向いた。

誰かに話したい。今まで誰にも話したことはなかったが、美雪によって呼び起こされた原罪の思いは、もうこのまま自分の胸の中だけにしまっておくことはできない。

「お母さんは私のせいで死んだの」

「え？　どういうことだ？」

「話してもいい？　今まで誰にも話したことはないんだけど……」

「おう、聞かせてくれ。柏原さんと日菜多がどうしてあんなにギクシャクした感じだったのか気になってたんだ。それが関係してるんだろ？」

意外と鋭いところがある。それと、優しさも。日菜多が肥大化する母への思いで破裂しそうになっていることを感じるのだろう。

そんな友川に甘えて、日菜多はぽつりぽつりと話し始めた。

日菜多の母――比呂子の命日は、日菜多の誕生日と同じだった。
中学生になるまで、それは偶然だと思っていた。だが、母の十三回忌の法要のとき、親戚に「十三回忌ってなに？」と訊ねて「死んでから十三回目の命日だよ」と教えられ、母親の亡くなった正確な年を知り、日菜多は愕然とした。それは自分が生まれたその日だったからだ。それまで父や祖母は、母が亡くなった年は曖昧にしていたのだ。

それだけではなく、法要のあとの食事会で飲みすぎたその親戚は、酔った勢いでぽろりと言った。

「比呂子さんは子宮癌だったんだよな。それがわかったときには、日菜多ちゃんがもうお腹の中にいたから手術ができなくてさあ……」

そこまで話して、まずかったと気がついたらしく、あとはごまかされてしまった。

その夜、家に帰ってから日菜多が亮次を問い詰めると、「内緒にしていて悪かった」とあやまってから、しぶしぶ全部話してくれた。

妊娠がわかったとき、同時に比呂子の子宮に癌があることが明らかになった。すでに癌はかなり進行していて、子宮は全摘出しなければならないと伝えられた。当然、赤ん坊はあきらめなければならなかった。

だが、比呂子は手術を拒否した。

「一度授かった命を私が勝手に奪うことなんてできません」

そう言って、比呂子は自分の子宮の中で我が子が成長するのと同時に癌が大きくなることを受け入れた。

癌はただ大きくなるだけではなく、全身に転移し、出産予定日の一ヶ月前に比呂子の容態が急変した。結局、治療の手立てもなく、比呂子は命を落とした。かなりの早産という急遽、比呂子の遺言通り帝王切開で日菜多が取り上げられたが、かなりの早産ということで、しばらくは保育器の中から出ることができなかった。

比呂子は自分の命がなくなることをわかりながらも、日菜多を産むことを選んだのだ。

「だから、おまえはお母さんの分も一生懸命生きなきゃいけないんだ」

そう亮次は締めくくったが、その言葉はもう日菜多の耳には入ってこなかった。

私のせいでお母さんは死んだ。私が生まれてこなければ、お母さんは死なないですんだ。私なんか生まれてこなければよかったんだ。

多感な年頃だった日菜多はそう考えるようになった。そして、母のその選択を許した父をどうしても許すことができなかった。

高校生になり、亮次の気持ちも少しはわかるようになり、ふたりの関係は少しは改善されたが、誕生日だけは……自分の誕生日だけは祝ってもらいたくなかった。

自分が生まれたために母が死んだ日。そんな日を祝われるのは、絶対に我慢できないことだった。

「最後に会ったあの日、私の誕生日だったの。お父さんはサプライズで祝おうとしてくれたんだけど、私はやっぱり自分が許せなくて……」

「そうか」

とだけ、友川は言った。それ以上はなにも言わない。その優しさが心に染みた。

「私、少し寝ようかな」

「うん。そうしな。俺がここにいてやるから、美雪が現れても心配はいらない。あっ、でも、さっきもここにいたのに役に立たなかったんだっけ？」

そう言っておどけた顔をしてみせる。無理をしているのはわかったが、友川の気持ちが今はありがたい。

「そうだね。役に立たないけど、やっぱりいてくれると心強いかも。じゃあ、おやすみ」

日菜多はパーティションで区切られた就寝スペースへ向かった。

# 25

少しうとうとしただけだと思ったが、すでに窓の外は白み始めていた。ベッドから下りてパーティションの陰からのぞくと、ソファーに腰掛けた友川が真剣な表情で窓のほうをじっと見つめていた。

日菜多の気配に気づいた友川がこちらを向いた。

「おう、起きたか。そろそろ起こそうかと思ってたんだ」

「友川さんは寝てないの？」

「ソファーで仮眠させてもらったから心配すんな。それより乃愛の居場所がわかったぞ」

「えっ？　どうやって見つけたの？」

「東京都の住民票情報をハッキングさせてもらった。ほんとはダメだけど、今は緊急事態だからな。あの商店街とはだいぶ離れてる。見つからないはずだよ」

「居場所がわかったんだったら、どうしてすぐに起こしてくれないのよッ」

美雪が完全に蘇る前に肉体を滅ぼしてしまわなければいけないのだから、一分一秒を争うはずだ。のんびりしている友川に腹が立って、ついきつい言い方になってしまった。

それでも友川は相変わらずのんびりした口調で説明する。

「夜明けを待ったほうがいいと思ってさ。美雪の力が発揮されるのは日が暮れてからだって話だったし。まあ今回は、日菜多は昼間も憑依され続けてたんで、その法則が当てはまるかどうかわからないけど、さすがに夜中に押しかけていくのは……」

そう言いながらスマホを弄っている友川の指が微かに震えている。怖いのは自分だけではないのだ。

「うん、わかった。で、乃愛ちゃんはどこにいるの？」

美雪はどこにいる？　とは訊ねられなかった。昨夜の恐ろしい姿を思い出しただけで足がすくむ。

日菜多のポケットの中でスマホが短く鳴った。

「今、送ったから」

乃愛の住所が書かれたメールが届いていた。

「本当にここにいるの？」

「住民票はそこになってるんだ。行くだけ行ってみよう」

「うん。わかった。すぐに支度する」


三十分後、日菜多は友川が運転する車の助手席に座っていた。すでに完全に夜が明けて、街にはごく普通に人や車が行き交っていた。そんな平和な光景の中、カーナビが目的地が近いことを報せる。

《目的地は五十メートル先です》

「あれじゃねえかな」

友川が道路の端に車を寄せて停めた。友川の視線の先には、なんの変哲もない古いアパートが建っている。そのアパートの一〇四号室に乃愛が、養父母の安西数馬と梨沙と〝三人〟で暮らしているはずだった。

ダッシュボードの中から友川がスタンガンと催涙スプレーを取り出した。

「たまにヤバイ奴に取材するときの護身用に持ってるんだ。でも、こんなものが美雪相手に役に立つかどうかわからないけどさ。まあ、手ぶらよりはいいだろ」

言い訳するように言い、友川は催涙スプレーを日菜多に差し出した。

「そうね。手ぶらよりはましかな」

催涙スプレーを受け取って、車を降りて部屋の前まで行くと、ドアに『早急に連絡されたし』と殴り書きした紙が貼り付けられていた。

しかもそれは、ドアと壁に跨がるように貼られていて、ドアを開ければ破れるようにしてある。この部屋に住人が出入りしているかどうか確認するために貼られたもののようだ。

日に焼けた紙の様子から、それが貼られてから少なくとも数ヶ月は経っているのがわかる。そして、貼り紙が破れていないということは、もう長いこと誰も出入りしていないということだ。

「この部屋のはずなんだけどな」

友川はスマホとアパートの住居表示を見比べている。日菜多はドアに耳を押し当てて中の音に耳を澄ましたが、やはりなにも聞こえない。

そんな日菜多を横目で見ながら友川が集合ポストの「104」と書かれたところに手を伸ばすと、指が触れたとたん蓋がひとりでに開き、中に詰まっていた大量の郵便物がこぼれ落ちた。

「おっとっと……」

慌てて拾い集めようとした友川が手を止めて、日菜多のほうを向いた。

「これ全部、督促状みたいだ」

「じゃあ、夜逃げ?」

「そうみたいだな。しかも、けっこう前に」

「美雪さんは……?」

「ここじゃない、どこか違う場所にいるってことになるか……」

振り出しだ。いや、もっと悪い。乃愛の養父母は借金取りから逃げているのだから、見つけ出すのは容易ではない。

今こうしているあいだにも、美雪が地中で蘇りつつあるのを感じる。いきなり寒けがして、全身がガタガタ震え始めた。

日菜多は心の中で乃愛に忠告した。

あなたが生き返らせようとしているのはママじゃない。憎しみの化身なのよ。

## 26

事務所に帰り着くとすぐに、友川はまたパソコンに向かい、なにかを調べ始めた。

「今度はなにをしてるの?」

「乃愛は今年から小学生になるはずだ。だから都内の小学校の名簿を片っ端からハッキングしてみるのさ」

「だけど、学校に通ってるかどうか……」

「わかってるよ。でも、なにもしないでいるわけにもいかねえじゃんかよ」

友川の鬼気迫る様子に、もうそれ以上声をかけることはできない。

日菜多はソファーに座って、そんな友川をじっと見つめ続けた。そうしているあいだにも、美雪は土の下で蘇りつつある。

壁にかけられた時計の針の音が、やたらとうるさく聞こえる。まるで死へのカウントダウンをされているような気分になってしまう。

このままじっと殺されるのを待っているなんて耐えられない。

「私、やっぱりもう一度、乃愛ちゃんを捜してみる。絶対、商店街の近くに住んでるはずなんだから」

ソファーから立ち上がると、日菜多は出入り口に向かった。

「おい、待て！　単独行動は危険だ」

一緒にいても、昨夜、美雪が現れたときのように危険であることは変わらない。

「大丈夫だから。どっちが先に見つけられるか競争しよ。見つけたら連絡して。私もするから。じゃあね」

引き留める友川を振り切って部屋から出て、日菜多は階段を駆け下りた。ビルから出て少し歩くと、全身から汗が噴き出してきた。

それはごく普通の真夏の日常だ。部屋の中で怯えているだけよりも、ずっと力が湧いてくる。

乃愛ちゃん、どこにいるの？

日菜多は周囲を見回しながら、商店街のほうに向かって歩き続けた。平日の昼間の商店街は意外なほど賑わっていた。その人の流れの中に乃愛の姿を捜した。

そうやって商店街を何往復もしたが、昨日と同じく、やはりなんの成果もなかった。

くたくたに疲れて、日菜多は立ち止まった。肉体的な疲れは恐怖心をやわらげてくれる。やれるだけのことはやったという思いもあった。

そろそろ日没の時間が近づいてきた。友川からの連絡はない。とりあえず一度事務所に戻ろうかと考えていると、背中に視線を感じた。反射的に振り返りそうになり、日菜多はなんとか思い留まった。

さりげない様子を装いながら、すぐ横にあった洋服屋に近づき、ショーウインドーをのぞき込んだ。そこに飾られている服を見ているふりをしながら、ガラスに映った景色を観察すると、少し離れたところからこちらを窺っている男の姿があった。

キャップを被っているためにあの特徴的な白髪頭は隠れているが、それでも体格のよさは隠せない。大崎昭吾だ。とくんと心臓が跳ねる。

美雪の母親を殺したと自首した男。美雪がわざわざそのデータを日菜多に消去させた男。なぜ自分をつけ回しているのかはわからないが、きっと美雪を倒す方法を知っているはずだ。

日菜多は隣の店、そのまた隣の店と、順番にのぞき込むふりをしながら徐々に大崎との距離を縮めていった。その動きに不自然なものを感じたのか、視界の端で大崎がくるりと背中を向けるのが見えた。そのまま走り出す。

気づかれたようだ。日菜多は大崎を追って走り始めた。

27

いつの間にか頭上を分厚い雲が覆い尽くしていた。生温かい風が吹き、今にも夕立がきそうだ。そんな雲の下、逃げる大崎を日菜多は追いかけ続けた。

「大崎さん！　待ってください！」

中学時代は陸上部に所属して、一日中走り回っていた。だから日菜多は、今でも走るのには自信があった。それに大崎はもうかなりの高齢のはずだ。なのに、距離はなかなか縮まらない。

それでも必死に追いかけていると、まわりを金網で囲まれた古い団地のような建物の前に出た。大崎はその金網に空いた穴をくぐり抜けようとした。体格のいい大崎は、金網に服が引っかかって苦戦したが、なんとか向こう側に逃げていく。

そのとき帽子が落ち、特徴的な総白髪の頭が露わになった。

小柄な日菜多はまるで火の輪くぐりの猛獣のように、難なく金網の穴をくぐり抜け、一気に距離を狭めた。

後ろを振り返った大崎が驚きの表情を浮かべるのが見えた。

さらに距離を詰めていく。いきなり反撃してこられたらという不安もあったが、そんな現実的な恐怖など、美雪という超自然的な恐怖の前では大したことはない。

そこには古い団地のようなものが四棟並んで建っていた。建物の壁に聞いたこともない企業名の書かれたプレートがはめ込まれている。

もとは社宅として使われていたものらしいが、すでに放置されて何十年も経っているのが一目見てわかる。壁はひび割れ、コンクリートの庇が崩れたりしている。少し大きな地震がくれば倒壊しそうな惨状だ。

そう言えば、二十年ぐらい前に殺人事件の現場になった社宅跡がこの辺りにあると聞いたことがあった。単なる殺人事件ではなくオカルト的ないわくのある事件で、マニアのあいだでは有名らしい。

権利関係が複雑で取り壊すこともできずに、今では心霊スポットになっているという。おそらくその社宅跡だ。

廃墟と化した建物のあいだに、これも荒れ果てた公園があった。そこまで逃げたところで、大崎はコンクリートの段差で躓いて転んだ。すぐに日菜多が追いつく。

「もうこれ以上、逃げないで！」

日菜多が叫ぶように言うと、大崎は地面に座り込んだままこちらを向いた。

「あんた、足速えな。っていうか俺が衰えたのかな。ああ、年は取りたくないもんだ」

肩で大きく息をしながら大崎は言った。

日に焼けた顔にさわやかな笑みを浮かべている。まるで捕まえられたことをよろこんでいるかのようだ。

「あなた、大崎昭吾さんですよね？」

「そうだ」

日菜多の問いかけに、大崎はあっさり認めた。

「話を聞かせてください」

「追いかけっこに負けたんで、しょうがないな。なんでも訊いてくれ。とりあえず、そこに座ろうか」

大崎は立ち上がってズボンについた土を払うと、微かに緑色のペンキが残っているカバの形のベンチに座り、目の前にあるかつてはオレンジ色のペンキが塗ってあったのだろうと推測できるゾウの形のベンチを顎で示した。

大崎はもう逃げたり抵抗したりするつもりはないようだ。それどころか、大崎自身も話したくて仕方ないと思っているのが伝わってくる。

ひょっとしたらわざと捕まったのかもしれないと思いながら、日菜多は大崎と向かい合うようにゾウのベンチに座ってから質問した。

「大崎さんは美雪さんの中学のときの担任の先生だったんですよね？」

「ああ。美雪は俺が最後に受け持った生徒のひとりだ。俺はあのことがあって、教師を辞めてしまったからな」

「あのこと？　美雪さんの母親である十和子さんを殺害したと警察に自首したときのことですか？」

「よく知ってるな」

「私が知ってるのは、大崎さんが自首したけど不起訴になったということだけです。そのときなにがあったのか、教えてもらえませんか？」

「まあいいだろう。あんたにも関係のあることだからな」

そう言うと、大崎はひとつ小さく息を吐き、遠くのほうを見つめながら話し始めた。

「十和子さんは一度死んで生き返ってきた。美雪が生き返らせたんだ」

そこでいったん話をやめ、日菜多の反応を待つような間があった。

「なんだ、驚かないんだな？」

「ええ、そんなことじゃないかと思ってたんで」

「そうか。だけど生き返ってきた十和子さんは、生前の優しい母親とは違って、復讐に燃えるモンスターになってしまっていた。それは本人にとっても苦しいもののはずなんだ。それに十和子さんがそんなことになった原因は俺にあった。だから俺は彼女の歪な生を終わらせてやろうとしたんだ。

結果的に俺はそんなに役には立たなかったが、それでも十和子さんは完全にこの世から消え去った。そのことに対して俺は責任を取りたくて、十和子さんを殺したと自首したが、死体がないということで不起訴になった。本当のことを話しても警察は信じてくれなくて、妄想だと判断されたんだ。

罪を償うことができなかった俺は、自分に罰を与えたくて世間から距離を置き、人里離れた山奥で自給自足のような生活をしていた。そして二十年ほどが経った頃、美雪が交通事故で死んだと風の噂で耳にした。だが、あの美雪が簡単に死ぬとは思えない。生と死の秩序を乱す不思議な力を持った子だったからな。

気になった俺は、美雪が暮らしていた家を訪ねてみた。するとそこにあったのは半分焼け落ちた家だ。近所の人たちに話を訊いてみると、美雪が交通事故で死んでから、妻を亡くした夫、直人の精神がおかしくなり、さらには落雷によって家が火事になって子供まで亡くしてしまったらしい。

近所の人たちはそれらの出来事に対してなにか不気味なものを感じていただけのようだが、十和子さんの一件を知っている俺にはだいたいのことは想像がついた。それは間違いなく美雪の不思議な力に起因した悲劇に違いないってな。

でも、その悲劇もすでに終わったようだった。それなら自分にはなにもすることはないと思ってまた世捨て人のような暮らしを続けていたが、数年後のある日、買い出しで久しぶりに街に出たとき、たまたま電車で横に座っていた女子高生たちが話す都市伝説の話を聞いてしまったんだ。そう、カケラ女の都市伝説だ。

その話を耳にしたとき、俺はある光景を思い出した。中学生だった美雪が生き返らせたセミが、カケラになっても生きていた光景だ。無理やり生き返らされた生き物は、羽や足、体の半分がなくなっても、いや、もっと小さなカケラになっても、もう二度と死ぬことはできないらしいんだ。

いったいなにがあったのかわからなかったが、カケラ女というのは美雪のことに違いない。美雪はカケラになって、この世をさまよっている。俺はそう確信した。それからは、俺は日雇いの肉体労働をしながら全国を渡り歩き、美雪のカケラを捜し続けていたんだ」

「どうしてそんなことを？」

「カケラになった美雪がこの世で迷い続けているのが不憫でたまらなかったんだ。だから、美雪の生を完全に終わらせてやるのが自分の使命、唯一の贖罪の行為だと俺は考えたんだ。そう思って捜し続けていたら、いつからか美雪の声が聞こえるようになった。『助けて……私を終わらせて……』と暗い路地裏の道端や、人の出入りがほとんどない廃墟のような場所でつぶやいている声が聞こえるんだ。まさか俺にそんな声を聞く能力が身につくなんて思ってもみなかったよ。それこそ美雪が俺に助けを求めているからのような気がするんだ」

そう言うと、大崎はポケットの中から、小さな干し肉のようなものをふたつ取り出した。それがなんなのかわからないが、生き物としての本能が、危険な物だと日菜多に報せる。

日菜多は反射的に立ち上がり、一歩、後ずさっていた。

「なんなんですか、それは？」

「美雪のカケラ……あんたたちがカケラ女と呼んでいるものだ」

大崎が唇を歪めて心底いやそうな顔をした。

「こ……これがカケラ女？」

「大丈夫だ。心配するな。このままじゃ、なにもできない。恨みの念を抱いて死んだ女の血を吸って初めて、こいつは息を吹き返すんだ。そして、その女の身体に寄生してようやく動き回ることができるようになるんだ。さあ、手を出せ」

大崎も立ち上がり、日菜多に歩み寄る。

言われるまま日菜多が手を出すと、その上にカケラが置かれた。まるで気味の悪い虫を載せられたようなおぞましい感覚に襲われた。そのくせ筋肉が勝手に収縮し、カケラをきつく握り締めてしまう。

そのとき、重く垂れ込めていた雲が切れ、一筋の光が差した。それが大崎の手のひらの上にある美雪のカケラを照らした。

「えっ……」

日菜多の目の前で、角砂糖がお湯に溶けるように美雪のカケラはぼろぼろと崩れて、そのまま消滅してしまう。あとにはなにも残っていない。

「美雪はもう闇の中でしか生きられないらしいんだ。そこで俺は、こうやってひとつひとつ、カケラを葬ってやってたんだ。もちろん美雪のカケラは大量にある。彼女のカケラは日本中に散らばっているんだ。そのすべてを見つけ出して、こうして葬ることはできないだろう。でも、俺は残りの人生をすべてそのことに費やそうと思ってたんだ。いや、費やしたいんだ。それが俺の正義なんだ」

「正義？」

「アハハハ……」大崎は快活に笑った。「俺の好きな言葉だよ。ひとりよがりであってもいいんだ。俺は自分の寿命が尽きる寸前まで美雪のカケラを捜し続け、ひとつでも多くこうして葬り去ってやるつもりだった。果てしない作業だが、それが俺の正義だと思ってたんだ。

だけど、カケラどころじゃなくなっちまったみたいだ。事態はもっとひどい方向に向かっていた。カケラのひとつから美雪が復活しつつあるんだ。二十年前に美雪が一度死んで生き返り、モンスターになってしまったのと同じように……。

一ヶ月ほど前に、そのことを俺は不意に感じた。美雪のカケラたちがざわざわし始めたからだ。そして、新たな悲劇を未然に防ぎたくて、もしも美雪が生き返ったとしたら一番憎しみを抱くのは誰だろうかと考えて比呂子さんを捜したが、もうすでに亡くなっていた。それならきっと彼女の娘であるあんたが狙われるだろうと思い、なにかいい方法はないかと考えていたときに、あんたのお父さんが亡くなった。柏原さんも俺を捜していたようだが、少し遅かった。柏原さんの死因はくも膜下出血ということだが、そのきっかけになったのは美雪の存在に違いないと俺は考えた。だからあんたを監視してたんだ。あんたはきっと美雪に狙われる。そのときが美雪の居場所を見つけて、その肉体を葬り去るチャンスだと俺は思っていたんだ」

「……どうして？　姿を現して、忠告してくれたらよかったんじゃないですか」

「黙っていたのは悪かった。だけど、下手に俺が接触してすべてを話してしまうと、美雪は弄ぶことなく、あっさりあんたを殺してしまいそうに思えたんでな。でも、もうそんなことを言ってる場合ではなくなってしまった。もうすぐ美雪は完全に生き返る。そしたら遊びの時間は終わりだ。なんとか止めたいと思っていたが、俺は美雪に近づけない。これが美雪の居場所だ。あんたも近づけるかどうかはわからないが、俺にいつなにがあるかわからないから一応渡しておくよ」

大崎は住所が書かれた紙切れを日菜多に渡した。

「さあ、手始めに、あんたも美雪のカケラを滅ぼしてやってくれよ。母親を苦しめた女、そして父親の仇だろ？　それに今もまたあんたを苦しめている憎い相手じゃないか」

日菜多はカケラをきつく握り締めたままだ。今はまだ雲の切れ間から日が差している。この手を開けば美雪のカケラは消滅するはずだ。でも、なぜだか日菜多は手を開くことができない。

その様子を見て、大崎は言った。

「まあいいや。あんたは悪用したりしないだろうからな。そのときがくれば、でいいよ。だけど、これだけはわかってほしい。あんたたちを苦しめているのは、美雪が悪いわけじゃないんだ。一度死んで生き返ってきた者はどうしても憎しみの念に支配されてしまうものらしい。美雪の母親の十和子さんもそうだった」

「それで……」

日菜多は口の中がカラカラだった。声がかすれてしまう。大崎が片方の眉を上げた。

「……それで？」

日菜多は一番知りたいことを訊ねた。

「美雪さんを完全に葬り去るにはどうすればいいんですか？　さっきのカケラみたい

に太陽の光に晒せば消えてなくなるんですか？」

「まあな。だけど、それも美雪がいやがればいくらでも妨害する方法がある。完全に再生した美雪は、こんなカケラになった無力な状態とはわけが違うだろうからな」

「じゃあ、美雪さんのお母さん……一度死んで生き返ってきた十和子さんは、どうやってその呪われた生を終わりにしたんですか？」

「うん。それは――」

そのとき、にわかに辺りが暗くなった。日没にはまだ時間があるはずだ。見上げると、まるで大きなコウモリが翼をひろげているかのように、頭上を真っ黒な雲が低く覆っていた。

さっきまでの雨雲とは明らかに違う。これはひょっとして、美雪がいやがっているということなのか？

呻き声が聞こえてそちらを見ると、大崎が胸を押さえていた。異常なほどの汗が額から顎にかけて流れ落ちている。

「大崎さん、大丈夫ですか？」

「み……美雪……」

「美雪さんがどうしたんですか？」

日菜多はすがりつくようにして訊ねたが、大崎にはもう日菜多は見えていないようだ。焦点の合わない目を虚空に向けながら、ひとりごとのようにつぶやく。

「美雪……。俺の命なんかくれてやる。俺はあの日からずっとそれを望んでいたんだ。おまえと十和子さんへの罪を償うために……」

「大崎さん！　どうしたらいいの？　美雪さんを葬り去るにはどうしたらいいの？」

そのとき、突風が吹き、砂埃が舞い上がった。びゅうと電線が鳴った。さらに強く風が吹き荒れる。

廃墟と化した建物の窓ガラスがガタガタとうるさいほどに鳴る。何気なく見上げると、その一枚に亀裂が入った。と思うと窓枠から外れ、大きなガラスの破片が風に巻き上げられ、回転しながらこちらに飛んでくる。

自分のほうにまっすぐ飛んでくるガラスに、日菜多は足がすくんで動けない。

不意に正気に戻った大崎が、大声で叫ぶ。

「美雪！　俺はこっちだ！　間違うな！」

ガラスが唸りながら方向を変えて大崎のほうに向かっていく。次の瞬間、肩口から脇腹にかけて、大崎の身体を袈裟斬りにするようにガラスが通り抜け、地面に当たって粉々に砕け散った。

「……大崎さん？」

日菜多は大崎と見つめ合う形になった。大崎の顔はとても穏やかだ。微かに笑みを浮かべている。

なにか言おうとするかのように唇が動く。でも、声は出ない。その代わり、血が溢れ出た。と思うと、身体が斜めにずれ、そのまま大崎は地面に倒れ込んだ。

そこにはふたつに切断された大崎の死体があった。

日菜多は呆然と立ち尽くしながら、大崎の亡骸を見つめていた。

いくら鋭いガラスが飛んできたとしても、人間の身体がこんなふうに切断されるとは思えない。それはやはり美雪の仕業だ。相手は自分の中学の恩師だというのに……。

そのとき、ポケットの中から電子音が響き、日菜多は悲鳴を上げるほど驚いた。少し遅れて、それがスマホの着信音だと気がついた。

廃団地の中にある薄暗い公園。目の前には大崎のふたつに切断された死体が転がっている。非現実的な光景の中、スマホの着信音がうるさいほどに鳴り響き続ける。

震える手でポケットの中からスマホを取り出し、ようやく耳に当てると友川の切羽詰まったような声が耳に飛び込んできた。

『おい、今どこにいるんだ？　もう日が暮れちまうぞ』

日菜多は事務所から少し離れた場所にある古い社宅跡の廃墟にいると伝えた。オカルトに詳しい友川には、それで充分に伝わったようだ。

『どうしてそんなところに？』

「大崎さんを追いかけてきて……。乃愛ちゃんの居場所、わかったから。大崎さんが教えてくれたの」

『大崎が？　わかった。とにかく今から車で迎えに行くから、そこを動くな』

興奮しているのか早口でそれだけ言うと、友川は電話を切ってしまった。目の前の光景、そしてこれから見ることになる光景を思い浮かべると、日菜多は身体の震えを抑えることができなかった。

## 28

庭のほうでなにか物音がした。

絵本を読んでいた乃愛はパッと顔を上げ、テラスへ駆け出した。見下ろすと、部屋の中からもれ出る光が、薄暗い庭をぼんやりと照らしている。

その一角にできた大きな土山が下から断続的に突き上げられて、土がパラパラと崩れ落ちていく。

「ママ……。ママ、もうだいじょうぶなの？　もう生き返ったの？」

その問いかけに答えるように、盛り上がった土が地割れのようにふたつに割れ、その下から白い肌が現れた。と思うと、まるで蝶が羽化するときのようにゆっくりとそれは立ち上がった。

土にまみれた人型のそれが身震いすると、ボタボタと土が落ちて、下から生まれたてのようなきれいな肌をした女が現れた。

もう以前のように、歪なところはひとつもない。それは完全な人間。しかも、誰よりも美しい姿をしている。

「ママ……。生き返ったんだね、ママ。ママが生き返った！　乃愛ちゃんのママが生き返った！」

乃愛はテラスから庭へ飛び下りて、裸足のままママに抱きついた。ママの身体はずっと土の中にいたからか、ひんやりと冷たい。その身体を温めてあげたくて、乃愛は自分の頬を強く押しつけた。

我が子のそんな愛情がうれしいといったふうに、ママは乃愛の頭を優しく撫でてくれた。

そのとき、後ろでガタッと音がした。振り返ると部屋の中で梨沙と数馬が腰を抜かしたように座り込み、そのまま後ずさりしていく。

部屋の中の明かりが瞬くように点滅し、そのまま消えてしまった。真っ暗な部屋の中に、テラス窓から街灯の微かな光が差し込む。

薄闇の中で座り込んでいるふたりに、乃愛は満面の笑みを向けながら言った。

「ママが生き返ったから、この人たちはもういらないね」

その言葉を聞いて、梨沙と数馬が悲鳴のような声を出した。

「やめて！　殺さないで！」

「お、おい、助けてくれ！」

必死に命乞いする養父母だが、そんなものは乃愛の心には響かない。そして、乃愛のそんな気持ちは、〝実の母親〟にも伝わるようだ。

乃愛を優しく抱きかかえたまま、ママは庭からテラスへと上がり、梨沙と数馬のほうに近づいていく。

「私の子供をいじめないで」

低くひび割れた声が響く。

梨沙と数馬は先を争うようにして玄関のほうへ駆け出したが、キッチンの扉がひとりでに勢いよく閉まり、逃げ道を塞いでしまう。

振り返ったふたりは、少しでも美雪から離れようと、部屋の奥に後ずさっていく。その背中が壁に当たる。もう下がれない。いつもはそんなふうに乃愛を追い詰めて笑っていたふたりが、今は逆に顔を引きつらせて恐怖に身体を震わせている。

「逃げたいのね？　いいわよ。逃げられるなら逃げてみて」

美雪が唇に笑みを浮かべる。美しい顔に浮かぶ優しい笑みだが、梨沙と数馬には恐ろしい般若のような顔に見えるらしい。悲鳴を上げて、背中を壁に強く押しつけ続ける。

このまま壁をすり抜けられれば……。きっとそう思ったはずだ。そしてふたりの願いは少しだけ叶えられる。

壁が溶けて、その中にふたりの身体が埋まっていく。

「な、なんなの、これ？」

「どうなってんだ？」

ひょっとしたらそのまま壁の向こう側に転げ出ることができるかもしれないと甘い考えを抱いたかもしれないが、もちろんそんなことはない。

ふたりの身体が半分ほど埋まったところで、壁はまた固まり始めた。

「いや！　もうやめて！」

「おい、やめろ。いいかげんにしろよ！」

威勢良く叫んでいたが、それもほんの少しのあいだだけだ。

梨沙も数馬も、もう身動きもできない。声も出せない。

そして、ふたりは壁と完全に同化した。ただ目だけがぎょろぎょろと動いていたが、それが止まると、もうすべてが終わった。

「ママ、ありがとう。乃愛ちゃんのために悪い人をやっつけてくれたんだね」

乃愛はママに抱きついた。ママはそんな我が子を優しく抱きしめてくれた。

29

古い社宅の廃墟に着いた友川は、肩口から脇腹にかけて斜めに切断された死体を見て顔を引きつらせた。

「なんだよ、これ……」

「……大崎さん。この建物の窓ガラスが割れて飛んできて……。でも、その直前に苦しみ出して、美雪さんの名前を呼んでた」

「じゃあ、これは美雪が……」

日菜多は答えなかったが、友川は納得したらしい。

美雪の力については資料や写真で確認していたが、こうして実際の被害者を目にするのは初めてのはずだ。それは友川にとっても、かなりショックなことだったようだ。

大きく息を吐いて肩の力を抜くと、こちらを向いて訊ねた。

「さあ、このあとどうする？」

日菜多は大崎から受け取ったメモを友川に見せた。

「ここに乃愛ちゃんが……ううん、美雪さんがいるの。行こ。行って美雪さんの肉体を滅ぼすの。生き霊を倒すことなんてできない。肉体を滅ぼさないといけないんだ、って、お母さんと関わりのあった霊能力者が言ってたって、パソコンのテキストデータにもあったじゃない」

「だけどその人は殺されちゃったんだぞ。それに、もう日が暮れちまった」

「いいよ。友川さんはもともと関係ないんだから、私ひとりで行く」

「参ったな。日菜多をひとりで行かせられるわけがねえじゃんか。そんなことをしたら、たとえ今生き延びたとしても、寿命が来ていつかあの世に行ったときに柏原さんに合わせる顔がないよ。柏原さんは俺を引きこもり生活から救い出してくれたんだ。今思えば、あの頃の俺は生きてるって実感はなかった。あのままの暮らしを今でも続けていたらと思うと、やっぱり柏原さんに恩を感じないではいられないんだ。わかった。行こう。大崎のことを警察に通報するのはそのあとだ。今、足止めされたらいろいろ面倒だからな」

友川は怒ったようにくるりと後ろを向いて、大股で歩き始めた。日菜多はそのあとを小走りで追った。

金網に開いた穴をくぐり抜けて外に出ると、車が停めてあった。自分の気持ちが変わらないうちにというふうに、友川は運転席にさっさと乗り込んでしまう。

日菜多も助手席のドアを開けて乗り込む。

「けっこう近くだぜ。やっぱり日菜多が言ってた通りだったな。どうせなら、もう少し遠くだったら、心の準備もできたかもしれないのに」

カーナビに住所を入力しながらそれだけ話すと、友川は車を発進させた。あとはずっと無言だった。友川の横顔は険しい。でも、ウインドウガラスに映った日菜多の顔も同じように険しかった。

緊張が高まってくる。

「たぶんあれだ」

車を路肩に停め、友川はカーナビの表示と見比べて、フロントガラスの向こうを目で示す。

思っていた通り、その家は亮次の事務所からそれほど遠くない場所にあった。というよりも、こんなに近くに美雪がいたのかと愕然とするほどだった。

目的地のアパートはかなりの古さだ。そのアパートだけではない。まわりの建物すべてが古く、人が住んでいる気配はない。ところどころ家が取り壊されたあとが空き地になっていて、この辺一体の再開発が進んでいることがわかる。

そして、目的地のアパートの向こうには大きなビルが建ち並んでいる。くっきりと区切られている境界線のギリギリこちら側にアパートは建っていた。

友川がダッシュボードを開けて、三十センチほどの平たい棒を取り出した。

「それ、なに？」

「折りたたみ式のノコギリだよ。これで美雪をバラバラにするんだ」

「バラバラに？」

「ああ、そうだ。カケラの状態だと他人に寄生して恨みの念を乗っ取るしかできなかったんだから、とりあえずバラバラにすれば俺たちは助かるかもしれない。さっき事務所を出る直前に思いついたんだ。どうだ、いいアイディアだろ？」

そんなにうまくいくかな？　という疑問を日菜多は声には出さなかった。他になんのアイディアもないのだから、友川の思いつきにすがりたかった。

車を降りてアパートの前まで行くと、集合ポストの差し入れ口のほとんどがガムテープで塞がれていた。使われているのはひとつだけだ。その部屋に乃愛たちが暮らしている……。

「あの部屋だ」

化粧板がところどころ剝がれている木製のドアを友川が指さした。ドアの上部には磨りガラスがはめ込まれているが、その向こうには明かりはついていない。

「誰もいないのかな？　それならちょうどいい。勝手に入って庭に埋まってる美雪を掘り起こして、バラバラにしちまおう。これぐらいのドアなら簡単に蹴り壊せそうだな。まわりに人が住んでないみたいだから少々音がしても――」

そう言いながら念のためといったふうにドアノブを回した友川が、ゆっくりとこちらに顔を向けた。

「開いてる……。入るぞ」

友川が小声で言い、日菜多はうなずいた。

ドアを開け、スマホのライトをつけて室内を照らした。部屋は1DKのようで、玄関ドアから奥の部屋まで全部が一望できてしまう。

家の中は物が散らばっている。だがそれは、ただだらしない生活をしていた痕跡といったふうで、特に異常な気配はしない。

「あの奥が庭みたいだな」

部屋の奥のほうにテラス窓があり、そこから微かに街灯の光が差し込んできている。窓は開いているようだ。

友川が一応、靴を脱いで部屋の中に入る。

「気をつけて」

日菜多も友川のあとに続いた。

家の中には、やはり誰もいないようだ。ふたりは微かな光が差し込んでくるテラス窓のところまで行って、外を見た。友川が息を吞む。

「この庭……。あのときの映像の庭だ」

東邦テレビの報道フロアのすべてのモニターに一斉に映し出された庭——そして

日菜多が亮次のパソコンで見たのもこの庭だった。

でも、少しだけ違う。映像では土葬の墓のように土が大きく盛り上がっていたが、今は逆になにか大きなものを掘り起こしたように穴が開いているのだった。

日菜多と友川が同時に大きく息を吐いた。それは落胆と安堵が入り交じった溜め息だった。

「美雪さんはもう生き返ったみたいね」

「遅かったか。だけど、乃愛は美雪と一緒だとしても、安西たちはどこに行ったんだ?」

友川がそう言ったとき、まるで停電していたのが復旧したかのように、いきなり部屋の中が明るくなった。

「うわっ。なんだよ、びっくりさせるなよ」

日菜多が明かりをつけたと思ったのか、文句を言いながら振り返った友川の顔が固まる。その視線は日菜多の背後に向けられている。そこになにかがいるらしい。

見たくない……。見たくないが、ひとりでに日菜多の首はゆっくりと回り、後ろを振り返ってしまう。

悲鳴も出ない。目を逸らすこともできない。

そこにはふたりの男女が死んでいた。その死体は壁にめり込んでいる……いや、同化してしまっている。迫り来る恐怖から逃れようとするかのように、後ろ向きに壁にめり込んでいき、その途中で力尽きたかのように……。

## 30

「ママ、楽しいね」

それが派手なネオン瞬く駅前の飲食街であったとしても、生まれて初めてのママとの散歩に乃愛は上機嫌だった。

ママの手を握り締めて、ぶらぶらと前後に揺らしながら夜道を歩き続ける。

前から歩いてきたサラリーマン風の男が、ぎょっとした様子で道の端に寄り、歩みを早めて横をすり抜けていく。ママがあまりにもきれいだからだと、乃愛は誇らしく思ってしまう。

ママは真っ赤なドレスを着ていた。それは梨沙が昔、フラメンコを習っていたときの衣装だ。裸だと可哀想だと思って、それをクローゼットの中から引っ張り出して、ママに着せてあげたのだ。白い肌に血のように赤いドレスがよく似合っている。

道端でたむろしている若い男三人のグループがいた。若い女を物色していた彼らは、ママの姿を見て驚き、次に面白がってからかってきた。

「オバサン、こんな時間にそんな恰好でどこに行くんだよ？」

「ダンスパーティーでもあるのか？」

「ていうか、仮装パーティーじゃね？」

ママは無表情でゆっくりと歩き続ける。

「ママ、怖いよ。早く行こうよ」

乃愛がママの手を引いて急かすが、人通りがない細い脇道に入ったところで、さっきの三人が追いかけてきた。

ママの前に男のひとりが回りこんで、通せんぼするように両腕を広げた。仕方なくママは足を止めた。乃愛は泣きそうになりながらママを見上げたが、その顔には特に恐れの感情は窺えない。

そのことが男を怒らせたようだ。ポケットからナイフを出して、その刃先をママのお腹の辺りに突きつけた。

「無視すんのはひでえよ。俺、傷ついた。慰謝料払ってくれよ」

他のふたりはママと乃愛を囲むように移動した。逃げられないようにするためらしいが、ママは逃げたりせずに無造作にナイフの刃をつかんだ。

「はあ？ なにすんだよ？」

男が驚いてナイフを引こうとするが、しっかりとつかまれているために動かない。

ママの手からポタポタと血が滴り落ちる。

「おい、放せ！ 放せよ、このババア！」

男が無理やりナイフを引くと、足下にパラパラと四本の指が転がった。

あっと思ったときには、暗がりから飛び出してきた子猫ほどの大きさのドブネズミが、それを食べ物だと思ったのかママの指を一本咥えて乃愛の足下を駆け抜けていった。

「ママの指が……」

乃愛はドブネズミを目で追ったが、すぐにビルの横の側溝の中に逃げ込んでしまう。まあ、別にいい。指の一本ぐらい。

ママの手からは、勢いよく血が噴き出している。

「ママ、乃愛ちゃんが治してあげるね」

血が流れ出るママの手を握り締めて、乃愛が呪文を唱える。

「えろいむえっさいむ……えろいむえっさいむ……」

血が止まり、傷口が塞がり、そこから指が生えてきて、すぐに元通りになった。すでに一度完全に蘇生したママには、土の中でなくても乃愛の祈りが通じるようだ。

「な……なんだよ、こいつ……」

三人の男たちが呆けたように見つめ、その中のひとり、ナイフを持った男が虚勢を張るように言う。

「今の、手品だろ？　ビビらせやがって」

「ガキにまで変なことを仕込んでんじゃねえぞ」

「マジで最低な母親だな」

ママのことを悪く言われて、乃愛は黙っていられない。

「ママは最低なんかじゃない！」

「なんだてめえ。生意気なんだよ！」

男のひとりが乃愛を怒鳴りつけ、拳を振り上げる。

「ママ、助けて！　この人たち、悪い人だよ！」

「私の子供をいじめないで」

ママが低い声でつぶやいた。男がママのほうを振り返る。目と目が合う。男は目を見開き、大量の汗をかき始めた。

ブルブルと細かく身体を震わせ始めたと思うと、糸が切れた操り人形のようにその場にすとんと膝をつき、虚空を見つめながらへらへらと笑い始めた。

「おい、どうした？」

「こいつになにをした？」

残りのふたりが同時にママにつかみかかろうとしたが、ママに見られるとそのまま動きを止めた。怯えた表情を浮かべ、それ以上近づけない。

ママは彼らをじっと睨みつける。その目は白く濁り、生まれたての赤ん坊のように白かった肌は青さを増し、血管がひび割れのように顔に浮き出てくる。

「ママ……ママ、どうしたの？」

不安になって訊ねたが、ママはなにも答えない。完全に生き返ったと思ったママだったが、自分の祈りが足りなかったのかもしれないと、乃愛は思った。

「ごめんね、ママ。乃愛ちゃん、もっとがんばるよ」

ママは乃愛のその言葉には応えずに、ただじっとふたりの男を睨みつけている。彼らは目を血走らせて、口から泡を吹いた。

そして、ふたり同時に、その場にすとんと座り込み、涎を垂らしながらへらへらと笑い始めた。

あまりの恐怖に正気を失ってしまったようだ。

その様子を一瞥すると、今度はママが乃愛の手を引いて歩き始めた。

「ねえ、ママ。どこに行くの？」

乃愛が訊ねると、ママは優しく微笑んでみせる。

「私たちの家に帰るのよ」

「家？　あのアパート？」

「違うわ。直人さんが家族のために建ててくれた、とっても素敵な家よ。そこでみんなで一緒に暮らすの」

直人さんというのが誰なのかわからなかったが、ママがどんどん歩いて行くので、訊ねるタイミングを逃してしまった。

少し歩くと、前のほうから車のヘッドライトが近づいてきた。ママが不快そうに顔をしかめると、ライトが消え、そのまま車がすぐ横まで来て停まった。

後部座席のドアがひとりでに開き、そこにママが乗り込む。もちろん乃愛も続いた。

ルームミラーに吊されたお守りがいくつも揺れている。

ドアを閉めると、運転していた若い女は、無言のまままた車を発進させた。まるでなにかに操られているかのように……。

## 31

「さっきのはマジでやべぇよ。なんなんだよ、あれ。壁と同化しちゃってたじゃねぇか」

友川が恐怖心をごまかすようにハンドルを叩いた。

あの異様な気配の充満した部屋に一秒でも長くいるのがいやで、友川と日菜多は道端に停めた車まで戻っていた。

ふたつに切断された大崎の死体に続いて、さらに異様な死に方をしたふたつの死体を見て、友川は顔面を蒼白にしている。

そんな友川に対して、日菜多は声を荒らげてしまう。

「やばいことなんか、とっくにわかってるよ！　だけど、向こうから関わってくるんだから、なんとかするしかないじゃない！　逃げられるんだったらとっくにそうしてるよ。でも、無理。美雪さんから見たら、私は彼女の家庭を壊した女の娘なんだもん。憎しみの化身として生き返ってきたんだとしたら、絶対に私を許さないでしょ。

でも、お母さんと伊原さんは不倫なんかしてなかった。ほんの少し気持ちが揺れ合っただけ。それで殺そうとするなんて無茶苦茶だよ。そんな理不尽な人にはなにを言っても無駄。しかも、一度死んで生き返ってきた人なんだもん。常識なんて通用しないよ。美雪さんが生き返ったんなら、もう今までのような悪ふざけだけじゃすまないよ。私は殺される……」

自分なんか生まれてこなければよかった。だからいつ死んでもいい。といつも口にしていた日菜多だったが、バイク事故で死にかけたり、美雪の影がちらついて死が身近に迫ると、死にたくない思いが込み上げてきていた。

比呂子が自分の命に替えて産んでくれた命なのだ。その大切な命を失いたくない。死にたくない。怖くてたまらない。

そんな恐怖の裏返しで激高して怒鳴り散らす日菜多の手を、友川がそっと握り締める。

「日菜多、ごめん。一番怖い思いをしてるのは日菜多なんだよな。俺が弱音を吐いてちゃダメだよな」

心が急激に落ち着いていく。手を握り締められたまま、日菜多は言う。

「私こそ、ごめん。でも、もう大丈夫」

友川が手を離した。ほんの少し名残惜しい。

「だけどさ、美雪は今までどうして日菜多を殺さなかったんだ？　あんなすごい力を持ってるなら、いつでも殺せただろ。なにも完全に生き返るのを待たなくても、日菜多を殺すぐらい簡単だったはずだ」

確かに、いくらでもチャンスはあったはずだ。

「それは……、猫と一緒なんじゃない？　獲物を捕まえてきて、もう逃げられないって状況にしておいて、さんざんオモチャにして、嬲り殺しにするの。憎い女の娘なんだから、それぐらいはするでしょ」

「そうか……。そうかもしれないな」

友川が静かに言ったとき、いきなり子供の叫び声が聞こえた。

「イヤだ！　イヤだ！　イヤだ！」

驚いて声がするほうを見ると、若い母親と幼稚園児ぐらいの小さな男の子の姿があった。母親の手から伸びるリードの先には、柴犬が戸惑いの表情で飼い主たちを見つめている。

母子で犬の散歩をしている途中らしい。

「だって、陸ちゃんは届かないじゃないの」

「抱っこして！　僕が押すんだから！　ママ、抱っこして！」

どうやら自動販売機でジュースを買おうとして、自分でボタンを押したいと駄々をこねているらしい。ただ、まだ背が小さくてボタンに手が届かないのだ。

「陸ちゃんはけっこう重いから、ママも大変なのよ。もう、しょうがないわねえ」

困ったように言いながらも、母親は笑顔だ。そして、子供の背後から両脇の下に手を入れて抱え上げた。

「僕、これがいいー！」

男の子が自分の飲みたいジュースのボタンを押すと、ゴトン！　と大きな音が辺りに響いた。

「ああ、重かった」

母親がおろすと、男の子は下の受け取り口からジュースを取り出しておいしそうに飲み始めた。

平和な光景だ。自分が今置かれている恐ろしい状況とはまったく違う。日菜多はそんなことを思いながら、母子と犬が立ち去っていく後ろ姿を見つめていた。

その横で、友川がかすれた声を出した。

「ひょっとしたら……」

「なに？」

「春翔だよ」

「なにが？」

「美雪は春翔のために、日菜多を生かしておいたんだ」

「どういうこと？」

言ってる意味はわからないが、なぜだか全身に鳥肌が立った。友川が興奮した口調で話し続ける。

「二十年前のことも、本当に比呂子さんを殺そうとしていたのは春翔だろ？　大好きな母親のためにさ。じゃあきっと、自分たち家族を崩壊させた比呂子さんへの春翔の怒りって、相当なものだと思うんだ。おまけに最後には自分まで死んじまったんだから、きっとすげえ怒ってるはずだ。だから美雪は春翔に日菜多を殺させてあげようと考えてるんじゃないのかな？」

「でも……春翔君はもう死んでるんだよ。直人さんが春翔君の肉片をあの庭に埋めたのは二十年も前のことなんだから、もうとっくに土に還っているはずだよ」

「本当にそうなのかな？　普通の人間の肉ならそうだけど、あの春翔が本当にそんな簡単に消えてなくなるだろうか？　もしもまだ肉片があの庭に埋まっていたとしたら、美雪ならその肉片から春翔を生き返らせられるんじゃないか？」

その言葉を聞いたとたん、日菜多は血管の中を血が逆流するような感覚を覚えた。

美雪に取り憑かれた状態で家に行ったときの情景が、頭の中にフラッシュバックする。

雑草に覆われた庭を見たとき、そこに〝埋まっている〟春翔のことを思うと胸の奥が熱くなり、涙が止まらなくなった。あれはもちろん日菜多に取り憑いていた美雪の感情のはずだ。

そう。あのとき、美雪は春翔がまだそこにいると感じたのだ。自分ならなんとかできる。完全に蘇生した自分の力なら、今度は逆に、二十年間ずっと死に続けていた息子を生き返らせることができると美雪は確信したのだ。

「生き返った美雪はどこに行くか？　それはあの呪われた庭しかない。あそこには春翔の身体の一部が埋まっている。きっと美雪は、春翔を生き返らせようとするはずだ。もしも美雪本人よりもずっと強い力を持っていた春翔が生き返ったら、いったいどんなことになるのかわからない。あの、呪われた庭へ行こう」

「行ってどうするの？」

「春翔の身体を処分してしまうんだ。それが無理でも、美雪には絶対に渡さない」

「そんなことができると思う?」

「わかんねえよ。でも今は考えてる場合じゃない。とりあえずやってみるんだよ!」

今から行けば、あの呪われた庭に着くのは真夜中になってしまう。それは完全に美雪の時間だ。危険すぎる。でも、夜明けまで待っていたら、春翔が生き返ってしまう。

「そうだよね。行こ。あの庭へ」

「よし、決まった」

友川は車を急発進させた。

32

友川は真剣な表情で前を見つめながらハンドルを操作している。ヘッドライトで切り裂かれたところだけが世界で、それ以外は漆黒の闇だ。

スピードが出すぎている。でも、日菜多はそれを諌めようとは思わない。

早くあの庭へ……。美雪よりも先にあの庭に着かなければいけないのだ。美雪よりも先に……。

でも、先に着いたところで、勝ち目はあるのだろうか？

とりあえず庭に埋まっているはずの春翔を掘り起こしたとしても、きっと美雪はすぐに居場所を見つけて襲ってくる。春翔のために日菜多を生かしておいたのだとしたら、その春翔に害を加えようとする日菜多たちを許すとは思えない。

大崎の手のひらの上で太陽の光を浴びてぼろぼろに崩れ、跡形も残さずに消えてしまった美雪のカケラ……。美雪に対抗できるとしたら、太陽を味方にするしかないが、日の出までにはまだまだ時間がある。

どうすればいいのか？　答えが出ないうちに、日菜多たちは呪われた庭に近づいていく。

《次の角を左折です》

カーナビが告げる。だが、その音声が少し変だ。ガサガサとノイズが混じっている。

「なんか、いやな感じだな」

友川が顔をしかめるが、左折するしかない。細い坂道を上っていく。左右から木の枝が伸びてきて、こちらに襲いかかってくるような錯覚を覚えた。

以前に日菜多がバイクで来たときとは比べものにならないぐらいの不気味さだ。それは夜だからということだけなのだろうか……。

坂を上りきったとたん、目の前が大きく開けた。スピードを出していたこともあり、車体がふわっと浮き上がる。あのときの日菜多と同じように、友川が思わずブレーキを踏んでいた。

手前には家が建ち並び、そのうちのいくつかの窓からは明かりがもれているが、その向こう、斜面の上のほうは真っ暗だ。街灯さえ、ほとんど灯っていない。

《この道を直進してください。目的地は二百メートル先です》

カーナビが非情に急かす。

躊躇している暇はない。友川は無言でアクセルを踏んだ。

暗い道を進み、ヘッドライトに照らされた半分焼け落ちた家を目の前にした瞬間、友川が「ああ……」と声をもらし、哀れむような、恐れるような、嫌悪するような、なんとも言えない表情を浮かべた。

《目的地に……とうちゃ……く……しま……し…………》

まるで命が果てるようにカーナビの声が消えた。

「もうこのカーナビはダメだな。次はもっといいのを買うよ」

車を停めた友川が、これはただの機械のトラブルであって不吉な現象ではないというふうに言った。

「美雪さんは？」

「どうだろう？　いないみたいだけど……」

闇の中に目を凝らし、静寂の中に耳を澄ますが、美雪と乃愛の気配は感じられない。ふたりはまだここには来ていないようだ。それなら今のうちに……。

「友川さん、こっち」

美雪に憑依された状態で一度来ている日菜多は、友川を先導して壁が崩れたところから家に入り、庭へと向かった。

「これが例の庭か……」

友川がテラスの上から庭を呆然と見下ろした。

日菜多はその庭へ下りてみた。

月明かりに黄色く照らされるその庭はこの前来たときと同じように雑草に覆われていたが、よく見ると庭の一番外側、塀のすぐ近くだけ、雑草が生えていない場所があった。

それはまるでこの家のまわりだけ誰も住んでいないのと同じように、不吉な物を避ける本能が植物にもあるかのようだ。

そしてそこの地面は、小さく盛り上がっている。なにかが埋まっているのは明らかだ。それはもちろん春翔の肉片……。

庭を見回すと、焼け落ちた瓦礫の側に、錆びた小さな園芸用のスコップがあった。それを拾い上げ、小さな土山の前にしゃがみ込んだ。だが、腕の筋肉が強張って、そのスコップを土に突き刺すことができない。

「日菜多、早く掘れ。美雪が来ちまう」

「わかってるよ。急かさないで！」

友川に怒鳴ると、肩の力が少し抜けた。スコップを土に突き刺し、掘り返す。少し掘ると、布に包まれたなにかが出てきた。土と血で汚れてしまっているが、もとは青い布だったのが辛うじてわかる。おそらく春翔が着ていた服だ。

最期の瞬間に、飼い犬が春翔を炎の中から助け出そうとして、その服ごと肉片を嚙みちぎったとインタビュー動画の中で直人が話していた。

それを土の上に置き、布を開いてみた。

「えっ……どうして？」

中からは血が滴るような瑞々しい肉片が現れた。死んでからもう二十年も経つというのに、春翔の肉はまったく腐っていない。それは春翔の力なのか、それとも直人の祈りが通じたのか？

そのことに驚き、日菜多が呆然としていると、友川が横から手を伸ばしてきて、もう一度ボロ布にくるんでそれをつかみ上げた。

「とりあえずこれを燃やしてしまおう。二十年前に生き返ったときの美雪は燃やしても死ねなかったみたいだけど、まだ生き返ってない春翔の肉片なら、なんとかなるかもしれない。ちょうどいい具合に給油ポンプがあるよ」

直人は昔、石油ストーブを使っていたのだろう。部屋の隅にかなり古い型のストーブと給油ポンプがあった。

片手に春翔の肉片、もう一方の手に給油ポンプを持って、友川は車のほうへ向かう。車のガソリンを使って春翔を燃やそうという考えのようだ。

可哀想だが、仕方ない。すでに春翔は死んでいるのだ。日菜多は自分にそう言い聞かせて、友川のあとをついていく。

出口に向かった友川の足が止まった。その背中にぶつかりそうになり、日菜多が文句を言う。

「どうしたの？　急に止まらないでよ」

友川はあやまるどころか、ゆっくりと後ずさってくる。その友川の横からのぞくと、人影が見えた。真っ赤なドレスを着た女。美雪だった。

家の近くを車が走り去る音が聞こえた。誰かを操って車でここまで送らせたらしい。ということは目の前にいる美雪は生き霊ではなく、生き返った実体だということだ。

そんな美雪の横で、乃愛がこちらをじっと見つめ、咎めるように言う。

「お姉ちゃんたち、ここでなにしてるの？　ここは乃愛ちゃんとママの家なんだよ」

「春翔ちゃんを返して」

美雪の声が隙間風のように響く。

ドレスの裾をつかみ、乃愛がふくれっ面で美雪に問いかける。

「春翔ちゃんって誰？」

「あなたのお兄ちゃんよ」

美雪の言葉を聞いて、乃愛の表情が変わる。

「お兄ちゃん？　乃愛ちゃん、一緒に遊びたい」

美雪がにっこりと微笑む。

「ええ、いいわよ。春翔ちゃんはもうすぐ生き返るから」

膝が震えてしまう。春翔が生き返ったら、もう終わりだ。日菜多を生かしておく理由がなにもなくなるのだから。

「塀を壊して逃げるぞ。ついてこい」

じりじりと後ずさりしながら小声で日菜多に言い、友川はくるりと振り返り、庭のほうへと走り始めた。テラスから庭へと飛び下りる。

そのとき、ゴミでできた塀から枯れ枝が弓矢のように何本も飛んできて、友川の太腿に突き刺さった。

前のめりに倒れ込んだ友川の身体に、庭に生えた雑草がまるで生きているかのようにまとわりつく。

「な……なんだよ、これ……」

雑草を引きちぎって身体を起こそうとする友川の身体に、さらに雑草が巻き付き身体の自由を奪っていく。

「ちくしょー。日菜多、これを持って逃げろ！」

友川がこちらを向き、ボロ布にくるまれた春翔の肉を差し出した。とっさに日菜多は友川に駆け寄り、それに手を伸ばそうとしたが、その手にも触手のように伸びた草が絡みつく。

さらに足下から蛇のように雑草が這い上がり、日菜多の身体を締めつける。苦しさに呻きながら、日菜多は地面に倒れ込んだ。

すぐに日菜多も身体の自由を完全に奪われてしまった。

乃愛がテラスから飛び下りてこちらに駆け寄り、友川の手から春翔の肉片を奪い取る。

「お兄ちゃんを返して！」

そして、それを美雪のところに持って行った。手渡し、褒めてもらいたそうな顔で美雪を見上げる。

受け取った包みを美雪が慎重に開くと、中から瑞々しい肉片が現れた。

「ああ……春翔ちゃん……可哀想に……」

美雪は頭を振り、悲しげに嗚咽をもらした。

「春翔ちゃん、寂しかったでしょ？　でも、もう大丈夫よ。ママが生き返らせてあげるからね」

そう言う美雪の様子が変だ。動きはぎこちなく、肌も土色めいている。なぜだかわからないが、うまく再生できていないようだ。風が吹くと腐敗臭が鼻を刺激する。

「見ろ。美雪の身体が腐っていくぞ」

友川が囁く。

「どうしてなの？」

「乃愛の本当の母親は佐織なんだ。美雪に寄生されていた状態で生まれたってだけなんで、きっと力はそんなに強くないいんだよ。だから春翔さえ生き返らなければ、俺たちは助かるかもしれない」

だが、草が全身に絡まり、日菜多も友川も身動きが取れない。

美雪はテラスの上に春翔の肉片を置くと、それに向かって祈り始めた。

「春翔ちゃん、あなたはまだ生きられる。戻ってきて。ママのところに戻ってきて」

その横で、母親の真似をするように乃愛も一緒に祈り始める。

「お兄ちゃんを生き返らせるのね？　乃愛ちゃんも手伝うよ。いいでしょ、ママ？　お兄ちゃん、生き返って。乃愛ちゃんと遊ぼうよ。えろいむえっさいむ、えろいむえっさいむ、えろいむえっさいむ、えろいむえっさいむ……」

テラスの上に置かれた小さな肉片がうごめき始める。と思うと、その肉片は母親の子宮の中で胎児が成長するように大きくなり、徐々に人の形になっていく。比呂子が遺髪から蘇ったときと同じだ。

春翔が蘇っていく様子を、日菜多たちは、ただ見ているだけしかできない。そして春翔が生き返ったら、日菜多は生け贄として捧げられ、殺されるのだ。絶望に押しつぶされそうになる。

　そのとき、不意に生温かい風が日菜多の頬を撫でた。友川もハッとしたように日菜多の顔を見た。

　日菜多は空を見上げた。そこには濃密な闇が迫ってきていた。さっきまでは月が出て星が瞬いていたが、今はそれが低く垂れ込める黒雲に覆い尽くされていた。

　時折、その黒雲の中が光り、雷鳴がごろごろと轟く。今にも雨が降り出し、雷が落ちそうな気配だ。

　日菜多の頭に、亮次のパソコンに収められていた二十年前の記録が蘇ってくる。

　これはきっと神の怒り……鉄槌……裁き……。

　こんなことが許されるわけがない。死んだ人間が生き返るなんて、許されることではない。

　早く！　早く！　早く！

　日菜多は天に祈る。こんな異常なことはもう終わらせてください！

　だが、神を恐れることなどない美雪は忌々しげに天を睨みつけると、まとわりつく虫がうるさいというふうに、長い髪を靡かせて頭を振った。

　辺りに強い風が吹き始めた。まるで竜巻のように砂埃を巻き上げ、ゴミでできた塀で切り裂かれた風がビュービュー鳴る。

日菜多と友川は雑草に全身を絡め取られながらも、飛んでくる瓦礫を避けるように身体を伏せた。

「ママ！　ママー！」

乃愛は叫びながら、美雪にしがみついている。

その風によって黒雲が払われ、雷鳴が遠退いていく。再び月が顔を出し、荒れ果てた庭や焼け落ちた家を黄色く照らし出す。

「ああ……やっぱりダメだ……」

友川が言い、日菜多は落胆のため息をついた。

風はなおも轟々と音を立てながら吹き荒れている。邪魔者を追い払った美雪は、その風に長い黒髪を掻き乱されながら、テラスに置いた春翔の肉片に向かって再び祈り始める。

「春翔ちゃん、もう少しよ。がんばって」

日菜多にとっての唯一の勝算は、夜明けまで生き延びればなんとかなるかもしれないといったものだったが、まだまだ日の出の時間は遠い。このスピードで蘇り続けたら、春翔が完全に生き返るほうがずっと早いだろう。

春翔の肉片は赤ん坊のような形になり、それがさらに成長を続けていく。すでに春翔は手の形もはっきりとわかるぐらいになっていた。その指が、微かに動く。

殺されるのは日菜多だけではない。もともとはなんの関係もないのに自分のために美雪に立ち向かおうとしてくれた友川まで殺されてしまう。

早く止めなければ……。

そのとき、まだ人間の形になりきれていない春翔の口から、うわごとのように声がこぼれ出た。

「ママ……」

もうダメだ。日菜多があきらめかけたとき、廊下のほうから男の声が響いた。

「やめろ！　美雪！　もうやめろ！」

弱々しくかすれているが、強い覚悟を込めた声だ。

美雪がそちらにゆっくりと顔を向ける。荒れ狂っていた風が一気に凪いだ。美雪の白く濁った瞳に、みるみる涙が溜まっていく。その視線の先にいるのは、入院着のまま車椅子に乗った直人だ。

骨と皮だけのようにやせ細った身体はベッドに横になっていたときと同じく死人のようだが、見開いた瞳にだけは怖くなるほどの力が漲っていた。

その後ろには長谷川由香が車椅子の手押しハンドルを握り締めて、硬い表情で立っていた。

「これはいったい……なにが起こってるの？」

さすがの由香も、目の前の光景に驚いているようだ。

「美雪、もうやめてくれ」

直人はもう一度、今度は言い聞かせるような優しい口調で言った。醜く歪んでいた美雪の顔が、家族写真にあったもののような美しい顔に戻る。

「直人さん……。会いたかったわ」

それはひび割れた低い声ではなく、澄んだきれいな声だ。

「伊原さん！　意識が戻ったんですね？」

日菜多が叫ぶように訊ねた。それに答えたのは由香だ。

「これが伊原さんがやり残したことだったようね。半年ぶりにいきなり目を覚ましたと思ったら、『家に帰りたい。美雪が待ってるんだ。今すぐ帰らないといけないんだ』って言うの。その切羽詰まった様子に、朝になってからにしましょうとも言えなくて車で連れてきちゃったんだけど。あっ、伊原さん、無理しちゃダメよ」

直人が車椅子から降りて立ち上がる。ずっと眠っていたために筋肉が弱っているようだ。よろけた直人を由香が支えようと手をさしのべるが、直人はそれを首を振って拒否した。

「邪魔しないでください。俺はあの日からずっと、このために生きてたんです」

「でも、その身体じゃ……」

由香が直人に歩み寄ろうとした。でも、目に見えない壁がそこにあるかのように、前へ進めない。

みるみる由香の顔が紅潮し、鼻血が一筋流れ落ちた。由香は腰が抜けたように、その場に座り込んだ。

直人は一瞬、心配そうな表情をそちらに向けたが、私は大丈夫、といったふうに由香がうなずくと、直人はもう一度美雪のほうを向き、一歩一歩、命を削るような必死さで足を前に踏み出す。

「この人、誰？　乃愛ちゃん、怖いよ」

近づいてくる直人を見て、乃愛が美雪のドレスの裾を引っ張りながら言った。

「その子は？」

逆に直人が訊ねると、美雪は乃愛の肩に手を置いて答える。

「私の子よ」

「違う！」と日菜多が叫ぶ。「その子は河島佐織さんの子供よ。自分が死んでしまってても、なんとしても産んであげたいと思うぐらい愛してたの。あんたの子供なんかじゃない！」

直人は日菜多の声が聞こえているのか、特に反応を見せずに、ふらふらと美雪のほうに向かって歩いて行く。

直人が転びそうになると、美雪の顔に心配そうな表情が浮かぶ。それは普通の人間の表情だ。心があり、優しさがある。これが美雪の本当の表情なのだと日菜多は感じた。

なんとか美雪のところまで行くと、直人は力尽きたようにその場に倒れ込んだ。美雪がとっさに抱きかかえる。

美雪は直人の顔をのぞき込むようにして、優しい笑みを浮かべて囁きかける。

「直人さん、愛してる。また会えたわね」

その姿はまるで聖母のようだ。日菜多が直人に向かって叫ぶ。

「伊原さん、ダメ！　こんなことを受け入れちゃダメ！」

直人は一瞬、こちらを向いた。その目には確かな正気が窺えた。わかっている、というふうに目でうなずき、美雪に語りかける。

「美雪……カケラ女なんて存在になって、まださまよい続けているおまえのことを知り、俺はおまえともう一度会うために生きていたんだ。おまえの中学のときの担任だという男が教えてくれたよ。この悲劇を完全に終わらせる方法をな。おまえが自分の意思でこの呪われた命を終わりにするしかないんだ」

美雪は微かに笑みを浮かべた表情で、直人の言葉を聞いている。

「約束したよな？ 覚えてるか？ あれもこの庭だった。あのときは、俺が地獄への行き方を案内してやるって言ったけど、本当は俺には行き方なんてわからないんだ。だから俺を案内してくれないか？ 美雪、地獄への行き方をおまえは知ってるんだろ？」

「……地獄？」

「そうだ。俺たち家族が仲良く暮らせる場所だ」

テラスの上でぐったりと横たわっている春翔を、直人は愛おしそうに見つめた。美雪は春翔を抱き上げて自分の膝の上に載せた。直人はそんな美雪と春翔にそっと寄り添う。

「直人さん……もうこれから先、ずっと一緒よ。私たち家族は、ずっと一緒よ」

美雪にはもうなにも思い残すことはない様子だ。

ふわっと美雪たちのまわりの空気が歪む。熱気が辺りに漂う。今まさに勢いよく燃え上がりそうな気配。自らの存在を……家族を……焼き消そうとしているのだ。

その横で、乃愛が激しく泣き始めた。

「ママ、なにするの？　どこへ行くの？　地獄ってどこ？　熱いよ！　ママ、熱いよ！」

とっさに日菜多は立ち上がった。身体にまとわりついていた雑草がブチブチと音を立てて切れた。もう美雪の力は消えていた。

「おい、待て！」

友川が日菜多を止めようと手を伸ばしたが、その手をすり抜けて日菜多は美雪たちに駆け寄った。

「地獄へは、あんたたちだけで行って！　乃愛ちゃんは関係ない！　この子はあなたたちの子供じゃない！　乃愛ちゃんは河島佐織さんの子供よ！　乃愛ちゃんは私が育てるから安心して！」

熱風に髪を掻き上げられながら叫ぶ日菜多の目を見つめながら、直人が乃愛の背中をポンと押した。

テラスの上から落ちる乃愛を、日菜多はしっかりと受け止めて地面を転がった。

直人が青白い炎の中で美雪になにか囁き、美雪がやわらかな表情でうなずいた。そのとき、春翔がゆっくりと上体を起こした。

日菜多は息を呑んだ。春翔がもしも生き返ったら、地獄へ行くことを受け入れるかどうか……。

春翔は美雪にしがみつき、母の身体に顔を押しつける。それはまるで眠っているところを無理やり起こされて、まだ眠くてたまらなくて母親に甘えている子供のようだ。

そんなふたりを直人が優しく抱きしめると、炎はさらに勢いを増し、轟々と大きな音を立て、風を巻き上げながら燃え上がった。

「ママ……」

燃え盛る地獄の業火の熱気を顔に浴びて、乃愛は日菜多の腕の中で気を失った。

乃愛はカケラ女が寄生した状態の母体から生まれたが、普通の人間の子供だ。美雪が生き返ったのは、乃愛の母を思う心を利用しただけ。すべては美雪の力だったのだ。——そう思いたい。

目が覚めたら、すべては夢だったと言ってやろう。乃愛はまだ小さい。生き返ったと思っていた母親がいなくなっていれば、そのうち本当に夢だったと思うようになるだろう。

そのために日菜多は乃愛にどんなことでもしてやろうと思った。同じように死んだ母親から生まれた者同士、それでも母親から愛され、この世に生まれ出ることを望まれた者同士なのだから。

「おい、大丈夫か？」

友川が足を引きずりながら駆け寄り、心配そうに日菜多と乃愛を見た。

「うん。なんとか」

そう答えたとき、日菜多のポケットの中で、なにかがもぞもぞと動くような感覚があった。

取り出してハンカチを開くと、そこにあるのは大崎から渡された美雪のカケラだ。まさかこのカケラがまた……。

恐怖に背筋を寒くしながら日菜多が見つめていると、カケラを包み込むようにぼんやりとした青白い炎が儚げに燃え上がり、そして、すぐに燃え尽きてしまった。ほんの少しハンカチが焦げただけで、あとにはなにも残っていない。

日菜多は感じた。今、このとき、日本中のあちこちで、カラカラに乾いた美雪の小さなカケラたちがポッと燃え上がり、すぐに燃え尽きてしまうのを。

日菜多の頭の中にいくつもの情景が浮かんでは消える。

古びたビルとビルのあいだの一日中日の当たらない暗く黴臭い場所に転がっていたカケラが、ぼんやりとした青白い炎に包まれ、そのまま消滅してしまう。

国道沿いの歩道橋の階段の下、排気ガスと砂埃にまみれて黒ずんでいたカケラが燃え上がり、そしてすぐに燃え尽きてしまう。

夜明け前の繁華街。ビルの壁に寄りかかるように座り込んで居眠りをしている酔っ払い。始発を待ちながら雑談をしている若い男女。そのすぐ近くの道端に転がった指――切断されたばかりの美雪の指が青白い炎を上げて燃え上がり、すぐに灰になり、その灰さえも燃え尽きて、あとにはなにも残らない。

美雪は自分のカケラもすべて一緒に地獄へ連れて行ったのだろう。これで美雪の異常な生は完全に終わったのだ。

# 33

気がつくと、焼け焦げたテラスには、もう美雪たちの痕跡はなにも残っていなかった。呪われた庭にも、呪われた家にも、あの家族はもういない――。

呪われた庭での異常な出来事から一年が過ぎた。

大崎と乃愛の養父母の死は、その異常さにもかかわらず、なぜだか単なる事故死として処理され、特にニュースになることはなかった。ただ一部のオカルトマニアたちは、今でもネットでいろいろな考察を続けていた。

柏原日菜多は修聖女子大学に進学し、今はごく普通の生活を送っていた。

亮次の事務所は結局閉鎖し、引き払った。機材や資料は友川や草間に手伝ってもらって全部、本当に必要としている人たちに譲った。

ただ、亮次が残した例のノートパソコンだけは、そうはいかない。せっかく集めたカケラ女に関する資料がもったいないからデータだけでも自分にくれと粘る友川を説得し、ドリルでハードディスクに穴を開けて破壊した。

かつて亮次が、東邦テレビの編集機に自動的にバックアップされた土の中からのぞく美雪の目の映像を残しておいた。そのためにとんでもないことになってしまったように、ほんの少しでも痕跡が残っていれば、そこからまたなにかよくないことが起こるように思えたのだった。

きっと亮次も、時がくれば中身のデータは全部処分するつもりだったはずだ。美雪の存在と一緒に、すべてを消し去りたいと思っていたに違いない。

日菜多は今、実家で祖母と乃愛と三人で暮らしている。

あの日、気を失ったあと、目を覚ました乃愛から「ママは？」と訊ねられたとき、日菜多は乃愛を抱きしめて「ママはもういないの。その代わり、私が乃愛ちゃんのママになる。いいでしょ？」と訊ねた。それに対して、乃愛は無言でうなずいた。

自分は美雪の子供ではなかったのだと理解してくれたように思えてほっとした。それ以降、乃愛はあの夜のことも、美雪のことも、養父母と暮らしていたときのことも、一言も話すことはなかった。

本当なら乃愛を自分の養子として引き取りたかったが、その頃はまだ高校生だったために叶わなかった。代わりに、日菜多の熱意を受け入れて、祖母——志津子が自分の養子という形にしてくれた。

日菜多にとって乃愛は戸籍上は叔母に当たるという奇妙な関係になったが、そんなことは関係ない。乃愛は日菜多のことを「お姉ちゃん」と呼んで懐いてくれていた。

そして、乃愛は一年遅れで小学校に入学した。もともと栄養が足りていなかったからか、同い年の子供たちよりもずっと小柄だったので、まったく違和感はない。すぐに友達もできたみたいで、一年遅れでの入学でかえってよかったのかもしれない。

今まで家庭でほとんど会話がなかった反動なのか、乃愛はおしゃべり好きで、毎晩、夕飯のときに日菜多と志津子に学校での出来事を楽しそうに話してくれる。

今夜の夕飯も、乃愛を中心にして苦しくなるぐらい笑った。

夕飯を食べ終えて後片付けをしていると、つけっ放しのテレビから聞き慣れた声が聞こえてきた。

何気なくそちらを見ると、街頭インタビューを放送していた。姿は映っていないが、ＯＬ風の女性に「好きな上司・嫌いな上司」といった質問をしているのは、どうやら友川のようだ。

他人の懐に飛び込むのが得意という能力を活かして、最近はこういう街頭インタビューの仕事をよくしているようだ。今度会ったときに、「ご活躍ですね」と冷やかしてやろうと日菜多は思った。

「乃愛ちゃん、一緒にお風呂に入ろうか」

「まだいい。観たいテレビがあるの」

あっさり断られて残念に思いながら、日菜多はひとりで風呂に入った。

ゆっくり温まり、風呂から上がった日菜多は、バスタオルで濡れた髪を拭きながらリビングに足を踏み入れた。

その瞬間、不吉な予感に襲われた。リビングのソファーに座ってテレビを観ているはずの乃愛の姿がない。

「お祖母ちゃん、乃愛ちゃんは？」

台所のほうに向かって声をかける。洗い物をしていた志津子が水道を止めて、濡れた手をタオルで拭きながらこちらへやってきた。

「テレビを観てるんじゃないの？。そこにいないなら、ひょっとしたら庭かもね。最近、昼間もよくひとりで庭に出てるのよ。なにをしてるのか訊ねても、近くに来ないでって背中を向けちゃうの。だからそれ以上はそっとしてるんだけど……」

「どうして私に言ってくれなかったのッ？」

日菜多の剣幕に、志津子が眉を八の字に寄せてあやまる。

「ごめんよ。でも、そんなに大したことじゃないと思ったから」

膝が細かく震えてしまう。そのことを志津子に気づかれたくなくて、日菜多はくるりと背中を向けて部屋の奥のほうへ大股で歩き、カーテンとテラス窓を開けた。

そこにあるのは、それほど広くはないが、志津子が趣味で花を育てている、よく手入れが行き届いた庭だ。直人の家や、以前に乃愛が暮らしていた家の庭とはまったく違う。そこでは不吉なことはなにも起こりそうにはない……と思っていた。

でも今、ガーデンライトに照らされたその庭の、木製のテラスに腰掛けている乃愛の小さな背中を見ると、うなじの辺りがチリチリするようないやな感じがした。

乃愛はなにかに集中しているらしく、日菜多がカーテンとテラス窓を開けたことにも気づいていないようだ。

日菜多は静かに乃愛に歩み寄り、背後から声をかけようとした。

乃愛ちゃん、そこでなにをしてるの？

だが、声は出ない。恐ろしい予感に囚われながら、日菜多は肩越しに乃愛の手元をそっとのぞき込んだ。

そのとき、ようやく気配を感じた乃愛が勢いよく振り返った。

「あ〜っ。見ちゃダメだよぉ」

乃愛はふくれっ面を作ってみせる。その手の指には、赤い毛糸が絡みついている。

「……それ、なにしてるの？」

日菜多が訊ねると、乃愛はあきらめたように笑みを浮かべた。

「あやとりの練習をしてたの」

そして、本当は言いたくてたまらなかったというふうに続ける。

「学校でお友だちに教えてもらったの。でも、まだ下手だから、いっぱい練習して上手になったらお姉ちゃんに見せてあげようと思ってたのに、勝手にのぞいちゃうんだもん、ダメだよ～」

全身から力が抜けていく。

「ごめんごめん。ひとりでなにしてるんだろうと思っちゃって。うん、もう忘れた。今見たの、全部忘れたから。あれ？　私、ここでなにしてるんだっけ？」

「もう！　わざとらしいよ～」

「ごめ～ん。でも、もうバレちゃったんだから、こんなところでしてないで、部屋の中で練習したら。お姉ちゃんが相手をしてあげるよ」

乃愛を部屋の中に入れて、ふたりであやとりをしようとすると、志津子が眉間に皺を寄せて、両手を腰に当てて言った。

「もうすぐ十時になっちゃうよ。小学生はもうお風呂に入って寝なきゃダメ」

確かに、乃愛は以前の家庭環境のせいか、ついつい夜更かししすぎなところが気になっていた。でも、さっき感じた不吉な思いが、乃愛と離れたくない気分にさせる。

「もうちょっとだけいいでしょ？　乃愛ちゃん、お姉ちゃんとあやとりしたいの」

「ダメよ。お祖母ちゃんの言うことを聞きなさい」

叱られて乃愛がしゅんとする。その肩を抱き寄せて日菜多は言った。

「じゃあ、お姉ちゃんと一緒にお風呂に入ろうか？」

「日菜多ちゃんはさっき入ったばかりじゃないの」

志津子があきれたように言う。

「いいの。乃愛ちゃんと入りたいの。そうだ。お風呂の中であやとりしよ。そしたらゆっくりお湯に浸かれるし、ちょうどいいよ」

「ほんと？　じゃあ、乃愛ちゃん、お風呂に入る！　入ろ、入ろ、お風呂に入ろ～！」

乃愛は変な節をつけて歌うように言いながら、日菜多の手をつかんで風呂場へと引っ張っていく。その小さくてやわらかい手を握り返して、日菜多は思う。

この子は絶対に私が守る。いつの日かとんでもないことになったとしても、絶対に守ってみせる。

日菜多も乃愛も同じように、自分が死んでも産んでくれるぐらい母親に愛されていた者同士なのだから――。

34

「ねえ、もう一軒行こうよ」

「え〜。もう十時だよ。私、終電なくなっちゃう」

「あんた、どんな田舎に住んでんのよ。それなら私の部屋に泊まってもいいからさ」

派手な化粧をした若い女ふたりが繁華街の道端で、アルコールのせいかハイテンションな大きな声でやりとりをしている。

そんなふたりが不意に黙り込み、驚いたように目を見開いた。その視線の先にいるのは、真っ赤な服を着た中年の女だ。

女はチェーンの先に水晶がついたものを顔の高さにかざしている。水晶は円を描くようにぐるぐると回り、女が身体を向けた方向によって、その勢いが変わる。

女はその勢いが強い方向に数歩歩くと、また同じように顔の高さにかざしてぐるぐると水晶を回してみせる。

「なに、あの女。ヤバくない？」

「ほんと、ちょっと怖いんだけど」

女たちがわざと聞こえるような声の大きさでバカにしたように言うが、平丘麻耶はそんなものは無視してダウジングに集中する。

こっちだ。こっちにいるはずだ。

麻耶は水晶の振り子――ペンジュラムに導かれるようにして、細い路地に入っていく。不意に水晶の回転が激しくなる。今までにこんなに激しく回転したことはないというぐらいの勢いだ。間違いなく、この辺りにいるはずだ。

数日前に、麻耶は夢を見た。

《私を見つけて。お願い、私を見つけて》

その声には聞き覚えがあった。二十年前に自分の中から聞こえた声だ。彼女が自分を選んでくれたことが誇らしい。

目を覚ました麻耶は、すぐに地図を広げてその上にペンジュラムを垂らした。

「教えて。どこにいるの?」

そう問いかけながらペンジュラムを地図の上で移動させると、ある一点で激しく揺れ始めた。

だいたいの場所はわかった。あとは実際に近くで捜すだけだ。

その日から麻耶は一日中、こうやって歩き回り続けた。そして、ようやくその場所の近くまできていることを感じていた。

ドブ臭い匂いのする細い路地。華やかなネオンの光も届かないその奥へと、ペンジュラムに導かれるようにして麻耶は入っていった。

そのとき、ペンジュラムの揺れが激しくなった。狂ったようにぐるぐると回転する。チェーンが切れてしまいそうなほどの勢いだ。

その下には干からびたドブネズミの死体があった。死んでから相当な時間が経っているようで、もうミイラ化している。

麻耶はその場にしゃがみ込み、バッグの中からカッターナイフを取り出した。その刃でネズミの腹を切り裂く。すると空っぽの胃の中から、ちぎれた人間の指が現れた。

それもドブネズミの死体と同じように干からびていたが、強力なオーラが立ち上っている。

「いた！　美雪さん、っていうか、美雪さんのカケラね」

日菜多から話は聞かされていた。美雪がまた生き返り、また何人もの人が死んだということを。

はっきりとは言わないが、日菜多もかなり危険な目に遭ったようだ。

どうやら麻耶がプレゼントしたパワーストーンがマイナスに作用したらしい。だから日菜多は麻耶のことも心配してくれていた。

「麻耶さん、気をつけてくださいね。あまりそういう世界に深入りしないほうがいいですよ。でも、美雪さんのカケラもすべて消滅したはずだから、その点だけは安心してください」

日菜多はそう言っていた。

でも、人間の心がひとつではないように、肉体のカケラも中には違う考えの物もいるのだ。そう、ここに……。

「あなたはまだ生きたいのね？　いいわ。私がどんなことをしても生き返らせてあげる。その代わり、私にあなたの不思議な力を少しだけ分けてね」

拾い上げた指をハンカチにくるむと、麻耶はそれをハンドバッグにしまい、大事そうに胸に抱えるように持って、ネオンがきらめく夜の街に背を向けて暗い夜道へと足早に歩き去った。

この作品は書き下ろしです。

## 〈購入特典〉

本書の正編『禁じられた遊び』の漫画版１～４話をお読みいただけます。
下記の二次元バーコードあるいはURLから特設ページに入ってご確認ください。

特典ページURL
https://d21.co.jp/special/eroimessaim2/

ログインID
discover2957

ログインパスワード
eroimessaim2